CIEN HOMBRES, UNA MUJER Y OTROS DELINCUENTOS

Colección Alejandría:
Narrativa

CIEN HOMBRES, UNA MUJER Y OTROS DELINCUENTOS

Rodrigo de la Luz

© 2013, Rodrigo de la Luz
© 2013, Ediciones Oblicuas
info@edicionesoblicuas.com
www.edicionesoblicuas.com

Primera edición: noviembre de 2013

Diseño y maquetación: DONDESEA, servicios editoriales
Ilustración de portada: Violeta Begara
Imprime: ULZAMA

ISBN: 978-84-15824-46-6
Depósito legal: B-22085-2013

A la venta en formato Ebook en: www.todoebook.com
ISBN Ebook: 978-84-15824-47-3

EDITORES DEL DESASTRE, S.L.
c/ Lluís Companys nº 3, 3º 2ª.
08870 Sitges (Barcelona)

Impreso en España – *Printed in Spain*

Índice

Cien hombres y una mujer

Para ellas, por su desdichada dicha de no encontrar el amor.

Es jueves, es primero de enero, Gleni pasea con su perra pastor alemán por las calles de Coral Gables, para ser más exacto, por la Miracle Mile; no sabremos decir si ella pasea a la perra o la perra la pasea a ella. Claro, entre ella y la perra existe una gran diferencia, por ejemplo, la perra no ha tenido nunca una relación amorosa, mucho menos de tipo sexual, hasta el momento; Gleni, por su parte, ha contado unas cuantas experiencias de este tipo; sin embargo ella, al igual que la perra —por un milagro de Dios— se mantienen vírgenes. Gleni, hija de un militar uruguayo, con una formación política y cultural bien definida; la perra, traída de Idaho de unas perreras militares como un encargo especial para un veterano de la guerra de Vietnam. Algunos sienten temor ante la presencia de una muchacha con perro, que habla inglés fluido y que esboza gestos que no dejan saber su nacionalidad; es delgada, sin ser anoréxica, es dulce pero agresiva a la vez, su cabellera es rojizo castaña, tiene algunas pecas, ojos vivos e inquietos, ni alta ni bajita, labios finos y nariz perfilada, frente pequeña —claro, se viste muy a la moda—; otros se sienten profundamente atraídos por una onda así, ni hippie ni testigo de Jehová; por supuesto, ella siempre quiere conocerlos a todos, dice que siempre son interesantes. Así ha conocido los más diversos hombres, desde Peter, un americano orgulloso que le llamaba la atención más por su perro que por él; hasta Cristian, más malagradecido que un francés; además, sin perro, con una mascota pequeña, que más bien parece una cotorra, aunque él insiste en que no lo es.

También a su vida han llegado hombres como José Manuel, un cubano americano, más prepotente que un alemán, con una sola meta: dinero; éste no tiene mascotas, pero sueña con una hacienda donde poder criar caballos pura raza y exportar a México, Canadá y muchos países que ni él mismo conoce pero menciona con gran facilidad después de haberlos oído por la radio. Interesantes para ella también fueron Abel, Marcos, Nazario, Walter y Alfredo; este último, más vacío que un actor de Hollywood, siempre vestido de negro, amante de los bares y la bebida, pero más amante aún si el que paga no es él; no porque no pueda, dinero tiene, lo que no ocurre es que no le gusta usarlo en esas boberías; fanático de los gatos, dice que por su independencia y su higiene. Enrique, por ejemplo, fue uno de los más fugaces; vivía con diecinueve perros, según él era una promesa: *Mamita*, *Pupi*, *La Negra*, *León*, *Agripina*, etc. «No se podían quedar en la calle». Claro está, Gleni nunca lo visitó; sabía que la vida de *Sina* —su perra, cuyo nombre no habíamos revelado aún por discreción— no sobreviviría a la visita. Joe fue una experiencia interesante, muy parecido a su perro, después de todo; aquí parece que todos buscan su perro a imagen y semejanza, como dijera alguien en una ocasión. Aunque no hemos descrito a *Sina* físicamente, tengan la seguridad de que no hay seres más exactos, incluso mentalmente, que ella y su dueña. Pero volviendo a Joe, tiene rasgos orientales, ya que su familia por parte de padre es de Taiwán, cosa que parece haber heredado hasta el perro. Isaac llegó a su vida como lo que podría llamarse una experiencia religiosa; aficionado a la cocina, dominicano, lo que allá le llamarían un mulato blanconazo; bailador de merengue, expresivo al hablar, pero muy campechano para su gusto. Lefrán, un cibernético empedernido que, enseñándole una sola foto, la cautivó; cosa que después resultó una gran pérdida de tiempo según ella, ya que de lo que se veía en la foto nada, al parecer la foto era uno de esos inventos de hoy, retocada y sepiada. Narciso, argentino, joven, fuerte, genial, muy humilde, por cierto, cosa no muy común en estos ciudadanos desde que el legendario Borges desapareciera; sólo lograba irritarla.

Queremos señalar que si en el inicio de este escrito no revelamos la nacionalidad de los personajes no fue por nada particular. Debe quedar claro que la xenofobia no será parte importante de este testimonio; de ellos no tuvimos nunca el dato exacto. En un futuro, omitiremos más nombres, apellidos y nacionalidades.

Así transcurrían los días de Gleni, una uruguaya radicada en Miami con algunos problemas en lo que a inmigración se refiere, y con no pocos problemas económicos. El martes, 3 de febrero, después que unos trece hombres se habían asomado a las ventanas de su agitada vida, entró un rufián; no era un rufián común, carecía de honor, pero se sabía ganar el aprecio de la gente. Era atractivo y, debido a su edad —que no vamos a revelar para proteger a su vez la de la protagonista—, se sentía con ventajas sobre ella; cosa que no era así en absoluto, porque los quince años de diferencia entre ellos era cosa matemática. Gleni, por su parte, lo toleraba todo menos que trataran mal a su mascota, que era en este caso su adorada perra; pero el rufianesco muchacho lo toleraba todo menos la aborrecible mascota, de manera que cuando quedaba solo en el departamento con la perra no sólo no le daba comida, sino que además la golpeaba brutalmente. Una tarde, los vecinos llamaron a la policía y las pruebas de ADN lo condujeron a la prisión por abuso sexual, de manera que la reputación de la perra se vio afectada y su virginidad quedó en duda. Gleni, por su parte, no quiso saber de él nunca más, ni siquiera en qué prisión estaba. Gabriel, de origen uruguayo al igual que ella, sólo fue un error; apenas dos noches y si te he visto no me acuerdo. Riki, mejicano, altanero y piadosamente mentiroso, fue algo pasajero, pero más importante que el anterior. Coleccionaba pipas y fotos de beisbolistas; su afición al béisbol permitía saber el porqué de esas fotos, pero lo de las pipas era algo muy personal.

Así también, Pascal, Darío, Jimmi y un exótico profesor de Yoga, cuyo gimnasio en la calle ocho y la veintiocho avenida se repletaba todas las tardes a las seis; al principio, de mujeres, después de la llegada de Gleni cada vez fue mayor la presencia de hombres. El nombre del exótico profesor, por lo obvio de los detalles, no lo daremos al público. Allí, ella pasaba largas horas, se tendía en una alfombra rosada, y lo mismo relajaba que relajeaba con sus «compañeros», para usar una palabra traumática. El profesor de Yoga acabó por enamorarse de ella, y ella por enamorarse de todos, pero una tarde no fue más, ahora emprendía nuevos rumbos. En el supermercado conoció a Albert, un joven delgado, de la raza negra —como dicen en la tele, pero que en Cuba dirían un negrito flaco—; en honor a la verdad, el joven era atractivo y demostraba más que muchos otros tener lo que se dice 'clase', cosa que a estas alturas de la circunstancias era dudoso que la misma Gleni tuviera. Así una temporada al estilo de Jénifer López y P. Diddy, fueron una pareja popular. Se les veía en público, aunque nunca de brazos; aparecían en librerías, fiestas, obras de teatro. El coloso afro le sonreía a la vida al igual que la vida le sonreía a él. Apenas dos meses duró la relación, los tabúes sociales acabaron con todo, Gleni no se acostumbraba a la idea de presentárselo a sus padres; fue difícil, pero no había otro remedio; fue triste, pero definitivo. Luego anduvo un tiempo muy sola, empezó a frecuentar una iglesia, donde finalmente, o mejor dicho, por fin, conoció a Mateo; no el del salmo, éste era un joven de origen suizo, pelo rojo, ojos azules, pecas en la cara, constitución atlética aunque robusto; pero de aquello, nada. Era frío, según ella, como un témpano, «ni la menor idea de una frase de amor, ni un apretón, nada de besos o miradas libidinosas»; acabó por aburrirse de él y mandarlo a freír tusas. Casi inmediatamente llegó Andrés a su vida: colombiano, desfachatado, de buenos sentimientos; pero descuidaba el vocabulario, de modo que a veces, al querer ser cariñoso, lastimaba tremendamente la sensibilidad de esa dama que apenas empezaba; y si había besado a un par de hombres, era mucho. Él usaba botines y *jeans* Levi Strauss, pero más bien parecía un mariachi. Una mañana de domingo, mientras se preparaban para un picnic, la perra, disgustada ya por su presencia, lo mordió en un brazo. «No aguanto más», dijo y se marchó sangrando. Luego llamó por teléfono un par de veces, pero nunca volvió. Gleni ni regañó a la perra; también ella se había acostumbrado a ese tipo ataques; después de todo era una German shepherd, y había sido enviada para cuidar a un veterano.

Una época transcurrió tranquila: trabajaba, cuidaba de su animal, oía música clásica, leía; en fin, reinaba la tranquilidad. También a Nilo, el brasilero, la tranquilidad le reinaba, hasta que a finales de año, el día 27 de diciembre, que caía domingo, de manera espontánea, como siempre ella había querido, se conocieron en Publix, otro de los grandes supermercados de la zona, que también es frecuentado para buscar pareja, exhibir músculos e informarse del asunto del violador de turno; por esos días era famoso el de Shenandoah, escuela no muy lejana del área. Al principio ella creía que él era homosexual, a él casi seguro le pasó lo mismo..., pero demostró ser un machito de verdad; aunque cuando bailaba samba daba unos brinquitos que confundían al mejor especialista en la materia. Ella no se podía permitir un nuevo fracaso, ya era hora de conseguir ¡un hombre! para formar una familia. Así vivieron cosas muy lindas, vieron la estrella fugaz con la mayor entrega, sonrieron al alba y a la aurora, amanecieron despeinados en su lecho de amantes y se besaron los ojos al ver salir el sol. Cuatro meses después, lo que hasta ese entonces era sospecha, se confirmó, y hubo pruebas visuales: el tipo le salió gay. Se alejó repugnada de su lado, como si nunca lo hubiera conocido, sólo un sabor amargo le recorría el cuerpo cuando lo recordaba. De modo que otra vez se encontró sola, caminando las calles con su perra, su mejor amiga, a quien le contaba —aunque no todo— sí la mayoría de las cosas.

Era bello verlas jugar en un parque cercano, Gleni tiraba el bumerán, y no viraba, la perra corría a buscarlo y lo traía; la perra soltaba el collar en su carrera, Gleni corría por él y lo buscaba. Por algún tiempo procuró no conocer a nadie, se conformaba con cosas más sencillas como la música y leer. Pronto decidió inventarse recetas de cocina; un buen día, el vecino, un peruano de Machu Picchu, de nombre Mario, como el novelista —con la diferencia que éste no parecía haber escrito jamás una letra—, le preguntó qué cocinaba. Su alma noble y buena, la de Gleni, le llevó a pensar que el caballero tenía la necesidad de un buen plato de comida; y ella, que era tan bondadosa y caritativa, no podía negarse a compartir, y mucho menos ahora, que se iniciaba como cocinera o escritora del arte culinario. Así fue que Mario, el peruano, aquella misma noche fue a comer a la casa; de más está decir que después de la comida vieron una película, en esta ocasión española, *Lucía y el sexo*, si mal r cuerdo. Luego la misma trama de la película condujo a otros caminos parecidos; la noche se hizo recia, pero breve. La mañana llegó, y con ella, tres seres en una cama, dos muy conocidos y un extraño; los muy conocidos eran Gleni y *Sina*, y el extraño, por supuesto, el vecino. Así, pues, fue otras dos noches, y luego se mudó. Mientras tanto, Gleni, más acostumbrada a la soledad que a la vida de pareja, siempre emprendía en cosas distintas: nadaba, se hacía fotos, compraba ropa nueva, estudiaba francés.

Gustavo Adolfo Bécquer dijo alguna vez: «La soledad es el imperio de la conciencia»; nada hay más verídico, aunque cada cual le da el significado que quiere, ya sabemos que un pensamiento es tan diverso como diversas sean las personas que lo lean; pero la verdad es que la soledad provocó en ella el más grande y poderoso imperio de la mente: la fortaleza. Claro está, habría que ver si ante la llegada de un próximo galán esta fortaleza no se desvanecía. Y así fue, poco tiempo después de este período de exploración y búsqueda —si así se le puede decir— apareció lo que sería a mi entender un misterio; el nombre esta vez también lo vamos a omitir, para que contribuya con el mito. ¿La profesión?, piloto —claro que no había volado nunca—, entrenaba perros de carrera y vivía con los padres; unos días atrás se habían conocido en la playa de Key Biscayne, mientras él practicaba modelaje marítimo con una cigarreta de miniatura. Ella odiaba esos aparatos por el ruido que hacen y por el peligro que representan para los animales, sobre todo en esa playa, que es esencialmente para bañar perros; pero no podía negar que el tipo le caía bien, era simpático, y parecía tener una buena posición económica, cosa que nunca descontenta a las mujeres. El acercamiento fue original, ella quiso manejar la cigarreta, él le prestó el control remoto, y ella lo hizo como si toda la vida hubiera practicado ese deporte. Ambos se dieron los teléfonos, se empezaron a visitar, comieron juntos, se besaron por primera vez, por segunda, por tercera, y luego terminaron en la cama; por supuesto, era un misterio, misterio que terminó de serlo en la primera noche, cuando la exagerada desproporción por parte de él la hizo sentir a ella in-sa-tis-fe-cha. Veinte minutos después, el ingenioso piloto estaba de patitas en la calle. Fueron días de más búsquedas: un chino llegó después con un fenómeno similar, un finlandés que no se entendía lo que quería, un hindú, un ruso ajedrecista, lengua del cual ella entendía pero odiaba, y un canadiense gordo cuyo nombre no es recordable. Había llegado otra vez un período de soledad y sequía; en su alma bohemia el frío hacía sus estragos. Y cuando digo soledad fíjense bien, no hablo de la soledad, esa que a veces todos sentimos cuando nos dejan solos en un sitio; hablo de la soledad del alma, esa que se siente aún cuando se está rodeado de gente.

Caminó por la orilla de la mar, por las aceras, por los parques, siempre rodeada de recuerdos a cada paso, en cada sitio; el 17 de abril, con la llegada de la primavera, también se abrió su corazón al amor; esta vez se trataba de un joven anglo, ojos verdes, rubio, piel tersa, no muy musculoso pero de aspecto varonil. Fue un idilio; el joven llevaba diez años con su novia, y aunque la relación parecía deteriorada, no tendría fin nunca, se aferraban el uno al otro. Él le daba esperanzas a Gleni, pero sólo jugaba con ella; terminó por odiarlo y desearle la muerte como en la mayoría de estos casos. No muy lejos geográficamente conoció a otro apuesto joven; este de aspecto infantiloide, pero muy responsable en realidad. Se hacía llamar Álex, era de muy buena familia, rotulista de oficio, alto, delgado, con dedos de pulpo y pies inmensos. Álex era alérgico a los pelos de perro, por lo que no la visitaba casi nunca; y está bien que así fuera, porque es muy probable que *Sina* también fuera alérgica a los pelos de Álex. Una mañana, Gleni lo vio besándose con otra, y después de abofetearlos a ambos, le dijo que no lo quería ver más; él apenas reaccionó, la otra joven se pasó la mano por la mejilla, pero midió la estatura y la ira de su contrincante, y no se atrevió a devolverle el golpe.

La vida se le había convertido en un dilema, esto de hallar una relación de pareja era cosa difícil; volvieron la música clásica, la natación, las lecturas, las recetas de cocina, las clases de francés, las caminatas cada vez más largas con su perra; en fin, volvió a su soledad, a su terrible, a su adorable soledad. El 12 de septiembre, no diremos de qué año, conoció a Juan Luis; éste era fregador de carros y aprendiz de bombero, «bueno —pensó—, por lo menos con el agua no tendremos problemas». Pronto la empezó a visitar, pero todo acabó de súbito, cuando en una ocasión que fueron a la playa, Gleni le vio los dedos de los pies. «Eran lo más parecido a cinco cabezas de jicotea que yo he visto»; un racimo de gigantescas cabezas de jicoteas yacían en sus pies, haciéndolo parecer de manera vehemente una caricatura hecha por Pablo Picasso; no hace falta decir que hasta ese día llegó la relación.

Cada vez se volvió más exigente y más impulsiva, atajando rápido cualquier falla, definiendo de inmediato la personalidad de todos, tomando decisiones sin permitir explicación ni excusas, deprisa y cautelosa como algunos animales de la selva, restaurándose siempre, renovándose.

Klein llegó como un susto, poeta y boxeador, se recreaba a la sombra de un árbol cuando Gleni lo golpeó con el bmerán; ella sólo se divertía con su perra. «Discúlpeme, discúlpeme —se le acercó—, ¿le hice daño?; no fue mi intención, todas las tardes vengo a jugar con mi perra, nunca me había pasado algo así». El joven no respondía nada, no porque hubiera estado inconsciente, tal vez eso le hacía falta para ver si despertaba;

hacía meses que vivía en el limbo, su vida no tenía lógica según él, había fracasado como poeta y para boxeador ya no era lo suficientemente joven, las piernas le dolían y había engordado mucho. La atracción fue mutua, enseguida decidieron verse más a menudo; luego de un tiempo de relación, mitad amorosa, mitad amistad, Gleni decidió apoyarlo para que empezara a boxear de nuevo; ella misma le diseñó una dieta, con malanga, espinaca y pescado. El entusiasmo duró hasta que apareció un contrario; Klein resultó no ser muy valiente, pues no quiso discutir el título, advirtiendo que su contrario pesaba más que él y tenía mucha más experiencia. Ella, que había soñado ya que sería la esposa de un campeón, una especie de Óscar de la Hoya, un súper *walter weight* —con la diferencia que este, además, era poeta, o sea, un hombre sensible a las artes—. Pero el multifacético hombre se empeñó en decepcionarla, y no sólo no se presentó a la pelea sino que además nunca más entrenó. Veintiún días más tarde murió de una sobredosis, después que Gleni, indignada, le gritara que era un cobarde. Así las cosas, ya con una experiencia terrible, decidió no salir más de la casa, sólo a lo necesario: el trabajo, el mercado y, en las noches, de cinco a diez minutos al jardín con la perra; si no hubiese sido por la perra, ni al jardín hubiese salido más.

Una noche, después de muchos meses de rutina, la perra salió corriendo tras un gato, que luego resultó ser de un doctor ecuatoriano: Bienvenido, hombre de baja estatura y regordete, al parecer con mal genio y un gran sentido del humor, cosa no muy común. Se conocieron peleando por el mal rato que la perra le hizo pasar al hombre; había entrado hasta la sala, detrás del gato y había roto búcaros y ceniceros, incluyendo un cuadro inmenso que se exhibía en la sala con una foto de una muchacha, que después se supo que era la madre de Bienvenido cuando tenía quince años. Después de la pelea vino la paz, y con la paz la reconciliación; estos dos seres que hasta ahora no se habían visto apenas, viviendo tan cerca, empezaron a verse a toda hora. Él era divorciado, de ella ya conocemos su historia. Era tanta la necesidad que tenían el uno del otro que *se empezaron a salir hasta en la sopa* —para el que no comprende este dicho, que se encontraban en todas partes—. Aunque aún no eran una pareja, compartían cosas muy especiales, tanto o más especiales aún que las que muchas parejas de verdad comparten. Y no les hablo de sexo nada más, hablo de baños de vapor, de sesiones de foto, de noches de parranda; era una relación a la moderna, de esas que son y no son, de esas cuyos miembros se necesitan, se quieren, se idolatran, pero ella vive en su casa y él en la de él. *Sina* y el gato no se vieron nunca más, hasta que en una ocasión la puerta de la calle de la casa de Gleni quedó abierta, y la perra, como algo que ya estaba escrito, salió, y recordando aquel asunto viejo, fue de nuevo a la casa de su viejo enemigo, y valga la redundancia, por desgracia la puerta, al igual que hace meses atrás, estaba abierta. Corrieron gato y doctor, cuarto por cuarto todo el lujoso apartamento, hasta que en una esquina, ya sin energía, el pobre gato cayó derrengado, y el doctor tuvo que ver cómo la perra se lo hacía pedazos. En esa ocasión, perra y dueña enfrentaron una demanda judicial, de la cual, por un milagro de San Lázaro, salieron airosas; se carecía de pruebas, además, era la palabra de uno contra la de dos, y «el muerto no habla», como dijo un oficial al enterarse del caso. Gleni nunca más en su vida se acercó a aquella casa, miraba de reojo cuando regresaba del trabajo, estaba convencida de que el doctor planearía una venganza; sin embargo, el tiempo fue pasando, y aquel hombre malhumorado y regordete nunca tomó ninguna acción que no fuera la legal, con la que había fracasado ya en su intento de demanda.

Soplaron nuevas brisas, hubo risas y llantos y llegaron noticias de su país de origen. El 14 de febrero, después de atravesar por una de las más grandes soledades, entró en su vida, casi indiscreta y violentamente, Faustino, un policía de origen español con ciudadanía americana; un hombre de cuarenta y nueve años de edad, algo chinchoso, pero si lo tratabas con esfuerzo te simpatizaba. En el bigote se parecía a Hitler, pero era incapaz de alzar el dedo para mandar a alguien, cosa que le causó la ruptura inmediata con la rebelde muchacha; ella necesitaba un hombre con otro temperamento, capaz de dar un grito si era necesario, capaz de tomar las riendas y dirigirle —un poco por lo menos— la vida, pero Faustino ya se vaticinaba que no lo haría nunca. Un salvavidas marroquí fue la nueva ilusión; se lo presentaron en el trabajo, de manera que, como en algunos casos anteriores, no diremos su nombre. El hombre de salvavidas no tenía nada, más bien parecía un *quitavidas*; fumaba como un tren, tomaba en demasía, le gustaba el juego; además, era poco caballeroso, «no tenía detalles». Después del tercer encuentro, ella inventó una historia: que estaba embarazada, si mal no recuerdo, y él mismo se borró automáticamente de sus planes. También ancianos, adolescentes y un travesti de origen puertorriqueño pasaron en aquella temporada por su vida; pero nadie cubría el espacio, nadie llenaba el vacío.

A lo largo de cinco años, cuarenta hombres habían llegado a su puerta buscando el amor; pero ninguno encontró más que tragedia, disgustos, desamor. A ella tampoco le había ido muy bien, cada vez sentía más la necesidad de alguien, alguien con quien compartir aquella desesperada vida, aquella vida que se gastaba poco a poco, aquella vida que se regalaba, aquella vida loca, loca, loca, como la canción. El día 4 de marzo del 2004, justo un día antes de su cumpleaños, conoció a Eufemio, amante del teatro, con aspecto ateniense, cosa que le hizo recordar la gran crisis que siempre habían atravesado los teatristas; la ilusión duró un día. También un tal Meme, mecánico; un tal

Roberto, hombre desempleado y con un ligero retraso mental; Desluto, otro desempleado que dormía en una funeraria y que nunca fue sincero con ella; todos serían parte de aquella interminable lista de personajes. El tiempo iba pasando y las primeras canas empezaban a poblar aquella cabellera; aquella que en un tiempo había sido el tormento de muchos por su abundancia, por su color castaño rojizo, y sobre todo por la facilidad con que se exponía al viento como un torbellino. Tuvo de nuevo una sensación, un amor grande llegaría a su vida, un amor fuerte, sólido, un amor responsable, un verdadero amor; entonces, como quien se sabe bendecida, como quien sabe que no puede escapar, dejó que Esteban penetrara en su vida. Lo conoció a través de su madre, cuando éste aún estaba en prisión; por aquellos días iba a ser liberado, había cumplido una condena por manejar tomado. Su oficio era maestro panadero, pero como ahora estaba desempleado, fue por el momento a vivir con su madre. Los día pasaban, y el hacedor de panes parecía haber renunciado a la harina; en cambio, el perfume no le faltaba, desde por la mañana se ponía grandes cantidades de una ilimitada selección; así Chanel, Fendi, Calvin Kleine, Jordache y una gran variedad de colonias saturaban el entorno de quien hasta entonces decía ser panadero. En casi dos meses de relación, «la muchacha del perro» —como la llamaba su suegra— no había recibido ni el más mínimo detalle; nunca supo lo que era un cine o un restaurante, o una flor, por pequeña que fuera. Acabó con una alergia que la hizo ausentarse tres días del trabajo. Cuando se recuperó un poco le habló a quemarropa al despiadado coleccionista de olores; este resultó, además, ser indolente e irónico, reaccionó con un brinquito de hombros y una mirada incomprensible, por no decir estúpida. Esta vez ella lloró, como cuando era una niña, recordó cuando un carro le arrolló a su primera perrita, *Laika*; era blanca, con un lunar carmelita en el ojo, y su tío, para enojarla, le decía que la perrita debería llamarse *Pirata*. Es bueno que quede claro que no lloraba por el panadero, ella lloraba por ella, por su vida, por los años perdidos, por su fortuna y su desventura; mirándose al espejo preguntó varias veces: «¿Qué he hecho, Dios mío, qué he hecho con mi vida, quién soy, a dónde voy, de dónde vengo?». Pero algo quedaba claro, no desfallecería, en algún lugar, en un rincón del mundo, un hombre la esperaba, alguien, alguien igual que ella, una media naranja, un príncipe azul, un adorado tormento, un ser que igual que ella buscaba su alma gemela.

Otro verano pasó, y otro invierno, y otros hombres; así, un tal Vicente, que aspiraba a presidir el país pero catastróficamente manejaba un negocio de Bienes Raíces; un tal Vladimir, que trabajaba en la caja de una gasolinera, en el turno de la madrugada; un abogado de cincuenta y seis años, hondureño, aficionado a la pesca, de apellido Prieto; un pintor muy mediocre, de apellido Blanco; y un fisioculturista, que se vanagloriaba en mirarse al espejo, llamado Joel, cuyo apellido nos podría conducir a la persona exacta. Un músico bastante virtuoso, pero entrado en años, también reconocido por la comunidad, también casado, como el fisioculturista, con hijos y nietos, y un perro labrador que en una ocasión riñó con *Sina* por algo de goma parecido a un hueso. Puede decirse que Gleni se había universalizado, se había hecho especialista en hombres, los conocía como a la palma de su mano; cincuenta y uno ya habían andado por estos parajes.

Ahora una multitud de pájaros negros volaba arriba, en lo alto, en el cielo —simulando, o no exactamente simulando—, construyendo algo muy parecido a un paisaje de Hieronymus Bosch, «El Bosco». La palabra hombre, para ella, significaba vida, significaba muerte, significaba Diablo, significaba Dios, significaba nada. Cuarenta y siete hombres más, en un período de seis años, llegaron a su despedazada vida, pero nadie lograba impresionarla; y aunque muchos trataban, ella, cada vez era más inmune, más reacia, menos afectiva. Fue la semana pasada, cuando ya sin mucha fe decidió visitar un club de solteros en la playa, que conoció a Jesús; éste, al igual que ella, había tenido muchas relaciones —y siempre lo daba todo—, no solamente con mujeres, sino que también con hombres, con niños —sin ser pederasta—, con ancianos, con personas de todas las edades y de todas las naciones. Allí estaba Jesús, que hacía el número cuarenta y ocho de esta segunda etapa; y sumado a los de la anterior etapa era el número noventa y nueve. Yacía desde el fondo de la última copa, se exhibía brillante, pulcro, impecable; ella lo reconoció en el acto, él le extendió sus manos; no se besaron, prefirieron un abrazo; él le dijo: «Hace ya muchos años te esperaba». Ella agregó: «Te busqué y te busqué, y en ocasiones creía que no existías ya». El resto de las personas que frecuentaban el club no podían dar crédito a lo que veían, una mujer, ya no muy joven, se abrazaba a ella misma y cantando salmos cristianos, giraba sola en la pista, y reía de gozo.

Algunos años después, supimos por la vecina que había ocupado el apartamento del peruano, que la señora se consagró a la Iglesia. *Sina* murió, y la enterró dignamente, en un cementerio de perros que recién se inauguró a sólo metros de la casa, y una nueva cachorra, llamada *Esperanza*, mueve la cola cuando el número cien, los fines de semana, en la mañana, va a buscar a una anciana para asistir a misa.

Mi vida antes de ti

Pasaba en ese momento por una de las etapas de mayor soledad y aislamiento. Contaba sólo con dos amigos: Altamira, una vecina deshabilitada que se sustentaba gracias a una pequeña pensión del gobierno, y un amigo escritor, negro, homosexual y sin carro, el cual, por un raro capricho, se había ganado mi respeto y admiración. A ratos lo veía caminando y, en una ocasión, le regalé una bicicleta, no porque tuviera yo abundancia, sino porque me partía el alma verlo caminando esta ciudad que es tan calurosa. Y aquel muchacho negro charol daba pena extendiéndose de un lado a otro, sudando y resoplando en una agonía que conmovía al más desalmado y lo hacía enfurecer contra la humanidad. Además, el lugar que yo habitaba era tan pequeño que dos bicicletas no cabían juntas, por compatibles que fueran para también tener una cama y una treintena de libros… ¡Ah!, porque eso sí, nunca tuve dinero pero libros no me faltaban. No me pregunten cómo los conseguía.

Como les iba contando, pasaba por un doloroso momento moral y económico, algo a lo que yo llamaría un «descalabramiento emocional». Días de mucha angustia, de penurias económicas y de todo tipo. Era tanta la pobreza y la variedad de enfermedades que si no fuera por el disgusto que le causaría a mi madre verme volver derrotado, hubiera regresado para morir a su lado. Días que para poder tomar un vaso de leche y una tostada recogía cosas de la basura que les vendía a dos o tres compradores a quienes había acostumbrado a sorprender con estas baratijas que yo rescataba de las calles, pues siempre tuve mucha disposición e iniciativa para establecer mi propia clientela. Buena muestra de estas reliquias eran las bicicletas de las que les hablé, hasta que tuve que deshacerme de una de las dos que formaban una yunta perfecta para regalársela a aquel ser sudoroso y angustiante que a menudo me topaba en la calle. También discos antiguos, máquinas de coser, jaulas de canarios, lámparas, antenas de televisor de diferentes marcas y diseños según el grito de la moda, cuyo grito se oía más que el grito de mi necesidad.

Aquella vida, huérfana de toda posibilidad económica, ofrecía gran tranquilidad a mi alma, pues no tenía ni que esforzarme por lo que ya sabía de antemano que era imposible. Pasaba los días leyendo y las noches vagando, a menudo acompañado de la vecina deshabilitada. Recuerdo que por aquella época se había hecho novia de un ser bastante parecido a ella, físicamente y en cuanto a clase social se refiere, si es que en realidad pertenecía a alguna clase social. La primera vez que lo fuimos a visitar la monté en un carrito de supermercado de esos que usan en Winn Dixie para transportar las compras y, valiéndome de mi multifacética bicicleta y un cinto de piel marrón y recién encontrado, fabricamos un transporte lo más parecido a un trineo de un solo caballo, cuyo artefacto desarrolló una velocidad US1 abajo que, al llegar al diminuto apartamento del frustrado guitarrista quien soñaba con ser el gran descubrimiento del año, no daba crédito a lo que veía.

Aquella noche fue inolvidable para mí, y estoy seguro de que para los amantes también lo fue. Esa especie de Bob Dylan totalmente alcoholizado subió tanto la nota que los vecinos llamaron a la policía, cosa que yo les agradecí en el alma porque si no aquel aparato eléctrico hubiera acabado con mis tímpanos. Los alaridos de Altamira, la vecina, llegaban a Hialeah y los ladridos del perro del guitarrista competían con el feroz sonido que producía el mismo. Algunos gatos, que al parecer vivían en el vecindario, huían horrorizados con el lomo en forma de erizo, los ojos espantados y otros echando espuma por la boca, como contagiados por el furor de la música que producía quien hasta aquel momento prometía ser la reencarnación viviente de John Harrison. De más está decir que su eterna amante y fan número uno y único quedaba lela y casi se babeaba de admiración por su ídolo, cuyos síntomas, en algunas ocasiones, se asemejaban mucho a los de aquellos incomprendidos gatos que habían tenido que abandonar los portales en los que hacía varios años vivían con tanta paz antes de la llegada del «virtuoso». Aquella noche para muchos significaba el antes y el después, es decir, antes y después del «concierto». Yo, en uno de los intervalos que hizo el guitarrista para darse un trago, cometí el error de tomar unas claves que había sobre una muy anticuada y *desconflautada* mesita de noche. Altamira tomó unos bongós que a su vez hacían función de asiento en una esquina del apartamento. Esto el amante lo vio como un reto, un desafío, no sé, una invitación al momento cumbre, grandilocuente del concierto. Por momentos en su mente «armoniosa» creo que llegó a pensar que él era Jimmy Hendrix y Altamira, Chano Pozo. Y de algún modo tenía razón, no en que fueran sendos artistas, sino en creer que era el momento cumbre de la noche, pues se emocionó tanto que —guitarra en mano— se aproximó a su amada, parecida a él hasta en el talento artístico, y que de hecho se hallaba a sólo tres o cuatro pasos, y golpeó tan salvajemente con la guitarra sobre el bongó que Altamira cayó de un brinco en el suelo con los dedos triturados, gritando y contorsionándose como poseída por Ochún, que para ese entonces seguro merodeaba la vivienda con varios de los Orichas, suplicando un poco de silencio.

El aspaviento fue tal que fue ése el justo momento en que llegó la policía. Yo me negué a colaborar con el investigador que insistía en que había «sexo, alcohol y marihuana», porque me parecía una aberración, además ofendía mi moral. ¿Cómo yo iba a ser víctima de semejante cuadro? En una habitación con una sola mujer a compartir con ese esperpento humano, ruidoso y ebrio. Después de mucho insistir por parte del policía, di mi versión de los hechos, cosa que me puso de inmediato en la calle. Ahora mi bicicleta esperaba en un jardín vecino y casi amanecía. Altamira, por su parte, había corrido con más suerte, pues cuando regresé a mi apartamento de soltero solitario, me recibió riéndose, pero con cara de preocupación e inmediatamente me preguntó por «la estrella de rock». A lo que yo respondí que no sabía, y en verdad no sabía nada del destino de quien por horas había castigado mis sentidos.

Hasta ese momento tú no habías aparecido en mi vida, ni yo imaginaba que podía existir un ser casi milagroso que me mostrara un mundo que realmente yo dudaba que existiera. Mi vida se consumía en panoramas como el de esa inolvidable y fatídica noche.

Otra vez asistí a una fiesta donde conocí a una coleccionista que prometió comprarme un cuadro, y fue tan bueno el precio que le di que terminé revolcado en un colchón lleno de pelos de gato. Al mirarme al espejo parecía un oso polar porque sus gatos, al parecer, eran todos blancos. No los pude observar pues ellos, al igual que los del barrio del músico, habían huido horrorizados. No sé si fue por el rancio perfume que destilaba la dueña, por las vibraciones que emergían de mí o por mi vestuario, que por aquel entonces parecía de cazador de conejos del Amazonas.

—Aquí no ha dormido ningún gato, además la señora que limpia pasó hoy la aspiradora —dijo furiosamente adorable la coleccionista. Mejor hubiera sido que no le respondiera; mi respuesta dio pie a que se ensañara y volcara en insultos: una catarata de ofensas en las que se incluían malas palabras, excesiva salpicadura de saliva y un gran aliento etílico que inundó el lujoso, caro y bien amueblado apartamento. Casi caigo en pánico cuando vi cómo poco a poco iba subiendo el tono y la cantidad de palabras proferidas por la coleccionista aumentaba su rapidez por segundo. Busqué la puerta de salida, primero con la vista, después con pies veloces que no dejaron huellas al no ser aquel cuadro que ya estaba colgado en una de sus paredes, acompañado de tres cuadros más de reconocidos pintores, los cuales «prestigiaban mi cuadro» como ella misma me dijo, y por lo cual en vez de pagarme, en realidad yo debería pagarle a ella.

Ya en la calle primero quedé inmóvil unos minutos mirando fijamente el cabecear de unos insectos en la luz que producía una de las grandes farolas de la avenida, luego sin rumbo alguno, turbado, eché a andar. De más está decir que otra vez era de madrugada, y aunque no lo sabía, me dirigía a casa, caminando largo rato en silencio, meditando, pensando en el ser que era, en ese imán mío para atraer lo raro, lo realmente catastrófico y extraño, lo que muchos no entienden y en ocasiones yo tampoco entiendo. Callado, callado. Hay seres que traen consigo la mala suerte, pero hay otros que la invocan. ¿Acaso yo era uno de esos seres que la invocan, o esto nació conmigo? Porque siempre recuerdo haber sido el mismo y siempre recuerdo que una vez, cuando niño, quise ser otro: me quería cambiar por otro ser. ¿Qué me importaban ahora esos pensamientos? De un cuadro de *Munch* vi salir la voz de un grito mudo. Pregunté por mí, crucé la calle. Ahora los pasos se hacían más lentos. Me detuve a llamarme en un teléfono público pero daba ocupado. ¿Era de noche o brillaba el sol? Luego entendí que sin monedas siempre daría ocupado.

Yo también había estado ocupado mucho tiempo pintando ese cuadro que tuve que abandonar sin recibir ni un mínimo pago y con la buena suerte que además no había tenido que pagar para dejarlo al lado de los tres prestigiosos colegas de oficio.

Al fin llegué a la pequeña habitación. Me esperaban la gata, la luna y un silencio que a ratos sólo un grillo rompía, para después hundirse en su pequeño mundo de violines y yerbajos. Sonaría ridículo decirlo y humillante al menos para el grillo, pero hasta los grillos que en raras ocasiones visitaban el destartalado jardín desafinaban. Su estancia era breve, luego morían devorados por la gata.

Quise virar el tiempo atrás. Volver a ir a la fiesta para no detenerme un segundo a conversar con tan corrupta coleccionista. ¡Si el tiempo se pudiera recobrar, la habría pasado bien de otra manera! Empecé a recrear en mi mente una inmensidad de maneras de pasarla de maravilla sin tener que conocer a la coleccionista: me veía en la puerta de la maravillosa mansión —a la cual no he podido descifrar quién me invitó— con su jardín lleno de luces. Me recibían con una copa de champán como a todos los invitados, pero en esta ocasión en vez de tomar a la derecha, desviaría el destino hacia la izquierda, me sentaría en un inmenso sofá que allí había, saludaría cortés a los presentes, les hablaría como es debido de arte, si es preciso de Turner, Gustav Klimt, de Mark Rothko. Luego me levantaría lentamente, daría dos o tres tarjetas con mi teléfono, mi dirección, mi nombre y entonces pasaría al patio para, en una manera moderada, degustar del delicioso manjar que aquella noche no pude ni probar por la imprudencia y la torpeza de la —en estos momentos— dudosa coleccionista. Así sucesivamente, en mi imaginación, ensayé casi una docena de diversos modos de hacer las cosas.

Ya estaba casi dormido, en ese mundo de las fantasías que casi siempre es como un letargo que da al que duerme, cuando un sonido misterioso se oyó en el patio. Un golpe seco, como de un hierro contra otro. ¿Un hachazo, una barreta que se enterró en la tierra, un coco que cayó sobre la gata? No sé. Luego se oyó un tintinear de cadenas y supe entonces que se trataba de un ladrón de bicicletas. ¿Pero también aquí? Yo creía que eso sólo pasaba en Cuba. Grité, ¡ataja!, por la ventana sin abrir la puerta. La reacción inmediata del ladrón fue lanzar el cortahierros contra la parte superior de las persianas. El macizo instrumento rompió el vidrio y cayó sobre mi cama. No hace falta que diga que en todo lo que quedaba de la noche no pude ni echar un pestañazo. Debido al estruendo que causó la ruptura del cristal de la ventana, la policía se presentó de inmediato en el lugar. No sabría decirles si la llamó un vecino, la dueña de la casa o el mismo ladrón, pues a estas alturas la confusión era tal que yo no creía en nadie, o mejor dicho, que ya lo creía todo. Recé seis Padrenuestros rápido y en silencio al intuir lo que me esperaba y así fue. La noche transcurrió como ya otras anteriores —por lo menos unas ocho o nueve noches, sin exagerar—, entre interrogaciones, carros de policía con esas luces que asustan a la víctima más que al victimario, malas caras, miradas inquisitivas, ladridos de perros German Shepherd, y finalizó con un rezongo en inglés por parte de la dueña de la casa, que aproveché —ya que no la entendía bien— para rezar en silencio pero mirándola fijo a los ojos, como si le estuviera poniendo atención. Cuando iba por novecientos setenta y dos

Avemarías, que es lo que escojo cuando se trata de mujeres, la enojada casera o propietaria terminó el sermón. Alcancé a traducir sus últimas palabras y con toda seguridad decían: «Y si no te gusta, te vas».

Nuevamente hice silencio, quedé mudo y sin razón. No sé por qué motivo marginal en ese momento recordé dos de los carteristas más famosos de mi antiguo barrio de Marianao, Carmelo y el Guárfaro, que competían a ver quién *cartereaba* más gente en una misma guagua. Me parecía escuchar sus voces cuando decía uno de ellos, y cito: «*Carterear* es un arte divino, no todo el mundo nace con ese don». ¡Vaya arte! Pero tenían razón, también ser un idiota como yo me sentía en aquel momento era un arte, pero un arte estúpido, el arte de los guanajos, que siempre están donde no deben estar. El arte de los don nadie, de los perdedores, de los fantoches soñadores, de los perezosos que no saben cómo hacer dinero. Y no me refiero a hacerlo con papeles y tinta, no me refiero a fabricarlo, sino a ganarlo con el sudor de mi frente. Olvidaba decir que a la casera le debía cinco meses de renta y amenazaba con ponerme los pocos trastes que tenía en la calle. Si no lo había hecho creo que era porque ella misma me había regalado buena parte de los mismos y su orgullo no la dejaba contradecirse. Recordaba esta vez no a los expertos sacando carteras sino a ella cuando me dijo: «Esta tostadora es de primera, mi tía cuando falleció me la dejó en el testamento. Este ventilador perteneció a mi abuelo por lo tanto debes cuidarlo, es un regalo de familia». El radio General Electric era de un hermano que murió en la guerra de Vietnam. La lámpara, el televisor y el despertador habían sido adquiridos con su primer esposo cuando formó su primer hogar de unos cuatro matrimonios que vendrían después, según ella misma me contó en una ocasión. Con excepción de la cafetera, mis libros viejos, los discos y la bicicleta, que ahora había perdido porque el ladrón nunca se deshizo de ella, todo lo demás le pertenecía. Yo no me habría perdonado que el teléfono me lo hubiera dado ella pues, de seguro, si así hubiese sido, de algún modo espiaría mis conversaciones. Gracias a Dios esto no parecía que sucediera, ni falta que le hacía, pues a veces yo creo que me adivinaba el pensamiento. Cada cierto tiempo me recordaba que allí no podía llevar a nadie, no debía olvidarlo nunca, que vivía agregado; además, no le pagaba la renta, no chapeaba el jardín y jodía por dos, pues tenía una gata, y en el reglamento no estaba autorizado a tener mascota.

¡Qué vida tan catastrófica y ruidosa, tan sonsa y tan callada! Ahora estaba en el metro recordando el camello de Cuba (o sea la guagua), al cual le llamaban «la película del sábado» pues tenía sexo, violencia y terror. Siempre repleta de raros elementos casi a punto de desnudarse. La última vez que la monté recuerdo que el combo traía incluido un chulo que cavilaba impaciente, dos prostitutas, dos carteristas —no los ya clásicos Carmelo y el Guárfaro sino dos novatos inexpertos que se disputaban el botín de una manera imprudente y temeraria—. Además viajaban una santera, un *abacuá*, tres travestis de diferentes categorías que se restregaban entre ellos; era un medio (vestido muy a la moda), un entero o completo (ridículo, viejo y mal vestido) y un *amateur* que sobresalía por su gran expresividad y voz de flauta que, sin embargo, engolaba como un declamador de poemas de Buesa. Completaban el cuadro un borracho, un inválido, un ciego de muy mal genio, una gorda con dos niños que no dejaban de quejarse del calor y la sed, y así sucesivamente hasta terminar con un cura que no creía ni en su madre.

Aquel recuerdo le trajo gran alivio a mi presente. Dicho de otra manera, aquel recuerdo me trajo gran alivio pues mi presente era incierto pero no podía ser de ningún modo peor que mi pasado.

Al fin llegué a la parada, me bajé del metro y me dirigí al lugar donde me esperaba el *manager* para hacerme una entrevista de trabajo —otra de casi veinte entrevistas que siempre terminaban con «Yo te llamo», «No te preocupes que enseguida que nos hagas falta te llamamos», etc.—. Al parecer, en todos estos años no le he hecho falta a nadie, pero como todos ellos me hacían falta a mí, yo era el que los llamaba y siempre respondía invariablemente una contestadora en inglés que recordaba a la casera, con la diferencia de que en este caso por lo menos decía que dejaras un recado. Cerca de trescientos cincuenta recados dejé a lo largo y ancho de la ciudad a través de los años de desespero y angustia, pero ni uno solo se dignó a contestarme.

Ahora Basquiat, Jackson Polo y Andy Warhol me venían a la mente. Pero sobre todo Jackson Pollock y ese chorreo que no se sabe dónde comienza y dónde termina. Una cantidad de ideas que me atolondraba. Un murmullo incesante en la cabeza. Imágenes, imágenes, imágenes. Recuerdos, recuerdos, recuerdos. Y un tratado inestable sobre las ideas: «No hay idea incompleta que no vuelva. Vuelven, pero no son las mismas. Son otras transfiguradas, variables, soberbias. Se asoman como unas desconocidas, como extrañas, a husmear y preguntar. Pero la nueva idea no perdona, la rechaza, la echa del presente, la convierte en recuerdo, incluso en recuerdo mal recordado, o sea, en olvido. Ahí es donde la idea incompleta insiste y se nos muestra torpe, torpemente difusa, rota, borrosa, mutilada, sorda. Entonces una batalla feroz, demoledora, se inicia entre la idea antigua que es la incompleta, y la nueva idea, que es esta misma que escribo, donde el más beneficiado es precisamente el escritor».

Este pensamiento trajo gran alivio a mi alma pero fue algo momentáneo, después la cruda realidad volvió a desesperarme y me sumergí nuevamente en un angustioso letargo del cual parecía que no regresaría nunca más. El alma batallaba, pues el alma a veces insiste en batallar en batallas que se pierden y jamás se ganan. Es un tiempo que no tiene regreso. Es una lucha cruenta pero absurda en la que solo vences si abandonas a tiempo el campo de batalla.

«Abandona ese campo, que esa pradera sucia no es la patria. Deja que vuele el ave de tu poca juventud. La fuerza incontrolable que aún le queda a esa sangre inexperta, bullente y brutal». Esto fue lo que entonces me susurró en el oído un hada o Altamira, la vecina. No sabría decirle. Aunque pensándolo bien el pensamiento es demasiado exquisito, refinado, para que venga de Altamira. Lo que sí sabría decirles es que esto alienta, esto impulsa, esto anima… Y uno quiere saber qué es lo que hay allá a lo lejos. Uno empieza a creer que algo existe y, a medida que vamos avanzando, la curiosidad continúa explorando en otras formas, en otros paisajes, en otros árboles, otras calles y así devoras toda la ciudad, la misma que te había esclavizado, la ciudad muda, la ciudad sorda, la ciudad que por antigüedad ya te pertenece. Pero para ese entonces nada sacia tu sed de explorador y te sientes como aquellos niños que le rogaban a su madre gorda que les diera agua y les reprochaban que tenían calor…

Tú no tienes la culpa, respiras el aire sucio que te ensucia. Eres lo que has visto que son. Perteneces porque ellos te nombraron. Te viste solo porque no te atendieron y esto, al igual que aquel bullicio primero, te fortaleció. Te hizo experto en la vida…

Han pasado los años y nuevamente como aquella vez he hecho silencio, pero esta vez ha sido de otro modo. Me he detenido ante una foto. Esa foto que muestra mi cara de recién llegado.

Esa foto en la que se puede ver la tristeza, la incertidumbre, las ganas de dudar de todo. El llanto contenido, la miseria en que viví tanto tiempo, cuya miseria sólo mi alma aventurera compensaba. La diferencia es que ahora miro la foto acompañado de ella, que de algún modo, o mejor dicho, de todos los modos, ha cambiado mi vida.

Entonces el muchacho sudoroso que parecía de charol, la bicicleta, los trastes, la vecina, el guitarrista malandro, los gatos de aquel barrio, la coleccionista y sus gatos invisibles, la americana casera, los muchos policías, las citas, las llamadas, los silencios, todo, todo aquello y mucho más son sólo este relato que hoy escribo.

Al anónimo que dijo

Después de escudriñar en esos blogs, algunos excelentes, otros desastrosos, el artista llegó a la conclusión de que tenía que escribir una carta y así lo hizo. Una carta, pero una carta de verdad, a lo tradicional, donde expresara su dolor y esa carga que a veces se almacena en el alma, se liberara un poco de la blasfemia de la cual había sido instrumento bajo el anónimo de un ser lleno de furia y odio contra él.

Éste iba a ser un día entregado a la literatura, a las ideas. En su inconsciente algo le decía que las ideas estaban rebosantes, a flor de piel, que habían cuajado y era hora de retomar las herramientas y emprender la labor con los sentidos aguzados y certeros, lo más afable y explícito posible. Todo lo fue transformando en literatura. Era algo inevitable e inexplicable. A su mente venían los más lejanos recuerdos e iban quedando escritos como testimoniando los hechos y vivencias más importantes de su vida. Después de un rato, en lo que parecía más una reflexión que un dolor, el artista se detuvo y comenzó por fin la carta que quería escribir.

«Carta a la mala intención».

Calvo, tan calvo que se le pueden leer los pensamientos… y todavía se atreve a mentir. Muchacho que se multiplica y se transforma, que se arrastra y que brinca, que se camuflajea, transparenta y escabulle. ¿Quién no reconoce sus escasas palabras? Fueron las mismas que empleó, llenas de sofismas, aquella noche fatídica para tratar de desprestigiar a muchas personas que respeto y a quienes les tengo afecto en Miami, hasta que le tuve que decir que se callara un rato. Yo he decidido actuar como un caballero. No haré una descripción de su persona. Me anima más la idea de que siga siendo un anónimo. Al fin y al cabo ahí ha sido siempre donde mejor ha estado. Puede espantarse la Florida al descubrir que tal fealdad tórrida habita sus calles o sembrarse el pánico. Quiero confesarle que si yo tuviera su angustiosa cara, fuera aún más venenoso. No ha de ser fácil mirarse día a día en un espejo y ver tanta fealdad y mediocridad. Me imagino lo duro que debe de ser toda esa envidia y frustración en la que se ha sumido. Gracias a Dios, existe esta vía para que se desahogue. Es una especie de línea de rumores, una válvula de escape para los cobardes como tú que no se atreven a dar la cara. De todos modos es algo para lo que siempre he estado preparado. Si se destaca, lo atacarán también a usted. Le remito a la página 97 de mi libro Mujer de invierno. Hombre de miniatura, cuando alguien tan mezquino trata de empañar la imagen de un buen artista, termina por engrandecerlo, pues su obra habla por sí sola. Esto pasó con muchos que hoy gozan de renombre, ya lo dije una vez: «la ignorancia mata lo que no entiende».

Sé cuánto le deben haber dolido algunos de mis poemas, sobre todo los que están en el segmento «Derecho a luz propia», donde ataco la guaracha del Marxismo, o los del segmento «Incógnita del verso», o unos poemas tan hermosos como los que aparecen en «Cántaro anhelante».

Esperpento, fantasmagórico amiguito, angustia peregrina, recuerdo una estrofa del poeta comunista Nicolás Guillén que dice: «Habrá quien me escupa en público / cuando a solas me besó. / Ya comerás de mi ajiaco. / Ya me pedirás perdón». Pero también recuerdo un pensamiento aún mejor, de Walt Whitman, que acaso usted no lo merece, no porque no se encuentre usted en este caso sino porque su comprensión no alcanza estas alturas: «Serenaos, aletas ensangrentadas de los escépticos, y de los hoscos y melancólicos, ocupo mi puesto entre vosotros, tanto como entre los demás...».

Sé de su alergia a la tinta y que se autoreceta grandes dosis de un líquido viscoso que aún no logran descifrar los más prominentes alquimistas. Me da pena su caso. Ya es hora de que salte a otras lumbres y abandone la complacencia en la que lo ha sumido su ignorancia. Ya es hora de que largue ese antifaz en un rincón. Tanta oscuridad en la pupila terminará por hacerle un daño irrevocable.

Necrófago, traidor, no deje que le sigan tildando como la mofeta de la literatura cubana. El tiempo apremia. No se permita ser un segundo más en mi anticuado archivo de recuerdos una figura oscura, huraña, pueril, deforme, a la que no consigo distinguir...

Reconozco que he sido un poco duro con usted, pero si esto que le he dicho sirviera para reflexionar en algo, piense que a pesar del duelo en que se halla mi alma, en mi noble corazón siempre habrá un espacio reservado para usted y a la más mínima expresión de afecto, le corresponderé con devoción y entereza de amigo.

Rodrigo

La carta fluyó así, como si hiciera música con la única gotera que acaso existía en la celda a la que lo habían destinado sus verdugos. Fue un suspiro, un sollozo, y quedó liberado del dolor. Quedó justificado; una vez más, su alma fue inmune al odio ajeno.

Ahora se detuvo frente al monitor de la computadora y un pensamiento le vino a la mente. Veía aquellos cuervos que se removían y escarbaban sin piedad sobre las tumbas de las hermanas Brontë, mientras una campana sonaba a lo lejos como cada día recordando la angustia de aquel padre que, desde 1777, ya presentía ese dolor para el que había nacido en el norte de Irlanda. En cuanto ese pensamiento desapareció, otro pensamiento lo embargó, rápido y nítido como el anterior. Era el monumento al celebérrimo poeta ruso Alejandro Pushkin, muerto en un duelo por defender la honra de su amada, en 1837. Luego una imagen del Duque de Wellington en aquella Batalla de Waterloo, de 1815, contra Napoleón, lo hizo escuchar los sonidos de artillería, cañones, trotar de caballos y gritos de horror. Así en su mente pasaban las más diversas imágenes de eventos y personajes de la historia, desde Edison y Tesla, incluyendo el fonógrafo, hasta Mahatma Gandhi en la India con aquella revolución pacifista; desde el pensamiento del antropólogo francófono belga, Claude Levi-Strauss, hasta Jean Paul Sartre en París y aquella frase que dijo: «Un hombre es lo que hace con lo que hicieron de él». Desde el monumento a Maceo en el Cacahual, hasta una foto borrosa que vio en un libro de cómo supuestamente lucía Agripina, la emperatriz de Roma.

Continuaba frente al monitor pero no se atrevía a apretar el botón del ratón para enviarla. La carta estaba escrita y, claro está, no tenía nada que ver con sus pensamientos. De pronto una sensación de fe, apacible, candorosa, amable, lo empezó a invadir, y sintió que enviar aquella carta no era necesario. Se sentía tan seguro de sí que nada lo irritaba. Una felicidad que a veces se encuentra en el fondo de las cosas había subido al tope. Y ahora brotaba así, ingenuamente, con un lenguaje dulce, como uno de esos recursos incalculables que tiene la mente y que ella misma desconoce. Sin amparo alguno que no fueran sus sueños, sus ilusiones, se fue a la cama aquella noche. Apagó la luz y toda la ciudad se apagó para él.

Nunca supo la relación entre aquella carta y las tantas imágenes que pasaron por su mente en aquel día ya transformado en noche gracias al milagro del tiempo.

Otra historia común

—Bienvenidos a sesenta años de dictadura.

Decía un chino que nunca se introdujo en política en la puerta de una pescadería en Marianao. Dentro, una caterva de chinitos harapientos correteaba en desorden, obviamente hijos de una mujer negra, que es la mezcla perfecta que produjo hombres y mujeres muy interesantes, como es el caso de los cuatro integrantes de los Zafiros, el Cuarteto las de Aída, Wifredo Lam, y hasta aquella mujer que tuvo Yarini, que en una ocasión lo quiso matar y que luego se quiso cortar una oreja por él, pero nunca llegó a hacer ni una cosa ni la otra. Para aquel chino desplazarse con su cultura milenaria y casi alquimista, acompañado de estos siete muchachos, no era faena fácil. Primero, porque el siete en la charada era un número muy delicado y, supersticioso como él era, esto le provocaba intensos prejuicios. Luego porque ¿en qué lugar esas ocho bocas, contando la de él, podrían encontrar techo y comida al seguro? La madre de las criaturas había muerto de una extraña enfermedad o de una «enfermedad tropical», según le habían dicho los doctores, pero luego se supo que era diabetes. El Chino Wong se quedó solo con sus siete muchachos: tres hembras y cuatro varones. Su herencia de inventor se puso a prueba cuando tuvo que hervir una col para sacar un jugo verde claro y echarle media cucharada de azúcar por vaso para poder alimentarlos. Todo esto, además, con la multiplicación de los peces sin los panes, que era otro de los actos ya no milagrosos sino alquímicos que había que llevar a cabo para alimentar a las criaturas. Para colmo de males o para alivio de penas, «tantas que se atropellan», el chino, que a pesar de los siete no era un hombre viejo, se enamoró. En realidad se había empezado a enamorar de ella hace muchos años, pero un hombre casado jura amor y fidelidad. Cuando ponía en el tocadiscos aquellas canciones —de Rolando Laserie, Ñico Membiela, Olga Guillot y La Lupe— que tanto escuchaba, a veces sin bebida alguna parecía haberse emborrachado. «Qué te pedí que no fuera leal comprensión», decía una de ellas. Había oído cuando niño en la iglesia que no estaba prohibido sentir sino consentir, que había que ser consciente de las diversas sensaciones y tomar control sobre ellas. Contener los impulsos de ira, tolerar algunos errores del prójimo, perdonar los pequeños pecados de su compañera, aun cuando no practicara el catolicismo. Aceptar los defectos de los hijos fueran como fueran.

Pastor: «Testimoniar la presencia de Cristo, no tener miedo, buscar a Dios, su padre, fomentar la paz por sobre todas las cosas… porque Él va a venir a compartir su existencia con los que sufren».

Algunas frases a Frank Wong no le quedaban claras, pero su vocación católica lo hacía seguir sin dudar. La mujer que ahora amaba, para asombro de todos y en especial para asombro de él, le correspondía. En medio de aquel caos y la miseria que lo embargaba, amaba y se sentía amado. Era una mulata con cabellera de Medusa y cuerpo de sirena. No era muy laboriosa pero sabía cocinar como pocas mujeres en el mundo. Cuando cocinaba, que era cada mil años, había que chuparse los dedos. Era como algunas de las mujeres de su generación: tonta y a la vez genial.

—Y haciendo el amor maldice y llora, reclama, gime, maúlla, se clava las uñas ella misma —le contó por teléfono un hijo del chino a Gleni, una amiga uruguaya que vivía en Miami. En una ocasión le llamaron a la policía por escandalizar al vecindario durante el acto. Un chulo de café con leche, amigo de un carnicero ladrón que se robaba la carne y que a su vez era amigo del chino, le recomendó que hiciera el amor en la pescadería y así no tendría que hacer ese ruido en su casa con semejante mujer, a quien parecía que la estaban matando.

Mientras todo esto acontecía, los niños iban creciendo maravillados algunas veces; otras, impresionados por el infinito misterio de la vida. La cuerda que una vez vieron en el circo ya no era cuerda floja. Ahora era una cuerda dura que a veces amenazaba con lacerar sus cuerpos, con enredarse en sus brazos, con estrangular sus cuellos, pero, sobre todo, a uno de ellos, a René, que cuando dijimos que Wong tenía siete hijos, tres hembras y cuatro varones, no nos acordamos de decir que uno de los varones no era varón, así que tres y tres, porque René era más femenino en sus gestos que las propias hermanas, aunque también era más macho que muchos que dicen serlo. Él mismo las peinaba, les hacía lazos y les pintaba las uñas. Todo a cambio de que ellas después lo maquillaran, aunque fuera por unos minutos... y... algo muy importante, que le guardaran el secreto.

Ada, la mulata cabeza de Medusa, en varias ocasiones se dejó peinar por René. Éste, siempre que terminaba de peinarla, le reclamaba jocosamente sus honorarios, pero ella también en broma le decía: «Vete a freír tusas, pajarraco». A lo que él respondía, mitad en broma, mitad en serio: «¡Y tú vete a hacer el amor al Platanal de Bartolo. Allí sí puedes gritar todo lo que quieras sin alarmar al vecindario, cabeza de Medusa, arpía». Todo esto, claro está, terminaba con una carcajada de ambos y un beso de despedida. «He sido testigo silencioso de todas sus hazañas. Él tiene su propio lenguaje. Es un muchacho creativo y bueno», decía Ada (refiriéndose a René), ya bien peinada y con aquellas trenzas, un collar amarillo y una bata impecablemente blanca. «Es frágil y divina, con una sensibilidad especial y muy elegante», decía un amigo de René —no sabríamos decir a cuál de los dos se refería, pues al parecer como a él, lo aquejaban los mismos males—.

Lo cierto es que en este tipo de barrio también surge esta especie de criaturas, que nadie sabe de dónde sacan tales gestos y tal finura de espíritu. También otros más cerca del asno que del hombre salen de estos barrios, como era el caso de Douglas, un muchacho desfachatado que, a pesar de que el hermano le mandaba mucha pacotillas de Italia, seguía viéndose horroroso. Se había hecho amigo de uno de los hijos del chino y le decía que él era un negro curro, que ese talaje y esa manera de caminar eran cosa característica en ellos. Si Fernando Ortiz lo oye, tiene que reescribir su libro nuevamente pero, peor aún, si lo ve se horroriza del habitante tan chusma que ha creado.

Así lo mismo pasa con las malas interpretaciones de la Biblia. Muchos creen que «amaos los unos a los otros» significa «hagan una orgía».

Pero regresemos al chino Frank Wong, que es en realidad el protagonista de este cuento. Él no era ajeno de nada de lo que pasaba en el barrio. No era un hombre ingenuo en absoluto. La muestra estaba en que con siete hijos y una mulata que hacía por dos, se las había bandeado todos estos años y había conseguido alimentarlos y que, por lo menos seis de ellos, incluyendo a René, estudiaran y se comportaran como personas decentes. Sabía sudar y luego recoger el fruto de su sudor. Sabía cocinar casi mejor que la mulata y llevar las finanzas en un hogar, a pesar del salario mísero que le pagaban. Los niños siempre estaban limpios y planchados. «Los chinos son gente muy pulcra», decían en el barrio los pocos que conocían la palabra pulcritud. En fin, era un ejemplo de padre, pero la realidad era que, con la mulata, a pesar del amor que se profesaban y la catarata interminable de haikus que le escribía, las cosas no iban muy bien.

—No mueve un dedo. No pone una. Practica la ley del menor esfuerzo. Parece una discípula de Mahatma Gandhi, siempre de brazos cruzados y meditando o cavilando, ya ni sé —le dijo Wong a su amigo carnicero comprándole siete bistés de res de contrabando. Lo que nunca nadie imaginó es que aquello acabara como acabó. A la mulata le dio por irse para la playa con Douglas en una moto que éste se había comprado y ahora se paseaba por todo el barrio encopetado y de una manera amenazante. Algunos lo apodaron «el terror de las mujeres casadas». Fueron varias las que pasearon en su moto. Algunas quedaron con una marca de quemadura en la pierna producida por el tubo de escape. Otras, con más suerte y más tacto, escaparon con las piernas intactas del paseo. Ese no fue el caso de Ada, que con un simple viaje hasta el Tritón —no el hermano de Neptuno ni ninguna de las deidades marinas a las que se atribuían figuras con cresta membranosa mitad pez mitad hombre, sino la costa llena de arrecifes, acantilados y erizos que hay al fondo del hotel, donde tanta gente se ha ahogado y se ha rajado los dedos de los pies— Ada, como algunas otras, recibió su marca de autenticidad. Es decir, se quemó con el tubo de escape de la moto. La quemadura fue tan grande que no pudo ocultarla de la vista de los chismosos del barrio. Menos aún se la pudo ocultar al chino Wong, que reaccionó furioso, colérico y gruñó y vociferó desmedidamente.

—¡Ahora te largas, so bandida! No quiero bichas ni jineteras en mi vida. ¡No te quiero ver la cara nunca más! Yo lo sabía, ya me lo habían dicho. Eso de que no te gustara el catolicismo te lo perdoné pero tarros no. Además, a mí tampoco me gustó nunca esa religión extraña que tú practicas, donde no existe el pecado ni la virtud, que sólo quiere sacrificar animales y brincar y alborotarse con esos ritmos raros que no sé de dónde diablos los han sacado… ¡Al carajo!… ¡Al carajo con todo eso y contigo y con esa cara que…! —Así ofendía muy irritado cuando el CDR se presentó en su casa—. Eso es de trogloditas, de cavernícolas, de ermitaños —le dijo la presidenta—. Ya eso no se usa. ¿Quién ha visto a un hombre ofendiendo así a una mujer?—. El chino se calló. Aquellos ojos asiáticos que apenas se abrían, por primera vez se vieron redondos como los de una lechuza. En ellos se podía adivinar la ira, la rabia, el dolor, la pena, la angustia del que sufre otra pérdida. La diferencia es que en este caso a la viva la había enterrado mucho más hondo que a la muerta.

Tiempo después el gallego Emiliano, que vendía carne de chiva, tuvo una conversación con Frank en el cementerio de La Lisa, donde entre otras cosas se habló de política y de religión. Ratón de Campo, un *jabaíto* diminuto, *ojúo* y con orejas de elefante, oyó cuando el chino le decía al gallego: «Esa negra sí era una mujer. Por eso le traigo flores todos los meses. ¡Qué mulata ni mulata! ¡Que se vaya al demonio esa santera con todos sus muñecos de trapo, sus caramelos y aquellos girasoles inmensos que me hacía comprarle, que me llenaban la sala de abejas! ¡Hipócrita! Eso es lo que era, igual que esta dictadura de sesenta años. ¡Hipócritas!».

—Así decía el chino —continuaba contando Ratón de Campo a todos los miembros del vecindario que encontraba—. A una mulata con ese temperamento no se le puede mantener entretenida a base de haiku —concluía.

Todo Quijote tiene su Sancho

Éste es el caso del protagonista de mi historia. A pesar de sus pocas hazañas, Doroteo, que es su nombre, ya se había hecho notar por lo extravagante de su conducta, que recordaba a un monje franciscano más que a un refugiado político. Usaba sandalias ligeras, de muy mala calidad, las cuales destilaban invariablemente un olor horrible y, a fuerza de cuidarlas, le duraban entre siete y ocho años cada vez que compraba un par. Nunca se le veía con nada en las manos, por menudo que fuera, y en su frente sudada y angustiosa no faltó jamás una filacteria, igualmente borrosa y angustiante. Como otros de mis personajes, se debatía entre Dios y la ciencia, más inclinado hacia Dios, aunque él se definía como un agnóstico que a veces hablaba con Jesús —con su Jesús no con ese que vive en algunas iglesias, al cual parece que se lo han organizado todo sin su permiso y se encuentra ofuscado—.

Nadie como Doroteo sabe lo que es acostarse y que los pensamientos no lo dejen dormir. Nadie como él se ha sentido tan preso de sus ideales. —Celda sin puerta, sin llave, celda amada—. Doroteo pasó así de rebelde y aspaventoso como era, del gran salón de los Hare Krishnas, a un patio pequeño con una buena variedad de matas de mango florecidas, un pequeño arbusto de capulí y un flamboyán añoso pero también cubierto de flores, lo cual recordaba una de esas pinturas de Leonora Carrington, que yo titularía *Con un templo de fondo*. Pero Doroteo era más que eso; era más que esa imagen que recordaba a un monje; sí, era más porque era en todo sentido un hombre incompleto, y ninguna pieza de arte dice tanto como la pieza incompleta, pues de algún modo pide a gritos que la acaben. También Doroteo, sin saberlo, pedía a gritos ayuda para esclarecer aquella mente que, como ya dijimos, le interesaba tanto la religión como el conocimiento científico, repetimos, aunque más inclinado hacia Dios. «Trampas que nos pone el diablo para que Dios nos coja cariño», decía.

A veces, son pocas pero sucede, a un hombre se le distingue por su valor; otras, se le admira por su inteligencia; y en algunas, las más aborrecibles, se le ama y hasta se le venera por su belleza física o sus dotes como macho. Ninguna de estas virtudes poseía nuestro protagonista. Si había algo en él que lo distinguía, era la transparencia. Sin la más mínima pose, recato o presunción, era capaz de lanzar un eructo en medio de la cena, si es que había cena. Era capaz de emborracharse con una mezcla terrible de licores y quedarse a dormir en un parque, o llegar a un restaurante, jaba en mano, y arrasar con cuanta sobra quedara, para luego engullir, casi perrunamente, todo aquello con servilletas incluidas ante la mirada atónita de los comensales.

Como dijéramos al principio, todo Quijote tiene su Sancho, y éste también era un Sancho especial, vilipendiado por su Quijote, aminorado, regañado, calumniado, en ocasiones vejado, y otras muchas, ignorado olímpicamente. Es decir, todos los 'ados' menos violado, porque de seguro éste no se dejaría, no tanto por su voluntad o espíritu de combate sino porque su Quijote era en verdad uno de los sujetos más feos que ha nacido sobre la faz de la tierra.

Mientras se morían de hambre, Doroteo le hablaba a Pacheco «el sin fortuna», que era el nombre de su inseparable cómplice, discreto y fiel seguidor, de un negocio lucrativo que pondría mucho dinero en sus bolsillos. Le hacía creer, de todas todas, que algún día serían ricos, tanto él (Pacheco «el sin fortuna») y más aún, Doroteo, que para eso era el jefe absoluto y el creador de aquellas grandes ideas. Le aseguraba que sus negocios tendrían mucho éxito. Todo era cuestión de tiempo y un poquito de suerte. Sus anécdotas embelesaban a Pacheco. Sus proyectos eran tan preclaros que sólo una fatalidad muy grande los haría fracasar. Desde un terreno para que la gente descansara en paz al morir, es decir, un cementerio, hasta una clínica para hacer reducciones de orejas, de nariz u ojos, incluyendo en algunos casos la reducción de la cabeza completa. Ya en un libro de apuntes había escrito los precios, que variaban en dependencia de lo que el cliente quisiera reducirse, la urgencia con la que solicitara el trabajo, y el acabado final. Cuando Pacheco «el sin fortuna» hacía alguna pregunta a su multifacético héroe, éste siempre elocuente y optimista le respondía:

—No te preocupes; déjame todo eso a mí que tengo el conocimiento y la experiencia. Tú te ocuparás de la publicidad. Reduciremos setenta cabezas por semana, diez por cada día, o si el paciente lo prefiere y no quiere la reducción completa, le haremos una media reducción, por la mitad del precio, que consiste en reducirle la mandíbula y la frente, dejándole los ojos intactos, la nariz y las orejas. De todas formas, ellos, cuando entran en evolución económica, casi siempre regresan para que se les empareje y justo ahí es donde tenemos una buena ganancia. La reducción de boca incluye el rebajamiento de los dientes, pero eso tiene otro precio porque con esto el paciente o cliente resuelve dos problemas, pues se ha comprobado que a raíz de la operación adelgaza grandemente; los motivos los desconocemos.

Así soñaban con un futuro próspero e inminente y hasta con abrir una sucursal en Miami, donde de seguro tendrían mucho trabajo con eso de reducir cabezas, mientras pasaban el umbral polvoriento del vecindario en que vivían, para adentrarse en la pequeñísima habitación que habitaban, valga la redundancia, donde tres perras (*Santamaría, La niña* y *La pinta*) cundidas de pulgas y con un hambre de siglos esperaban dando ahora unos ladridos roncos, anhelando un buen filete o al menos unos huesos para roer con deleite.

Una vez adentro, Doroteo continuó hacia otro sitio más pequeño aún que la habitación, donde se hallaba una silla que, en contraste con el laberíntico recoveco, parecía gigantesca. De manera obligatoria en esta ocasión la mente me remitió a Remedios Varó y esa obra que se llama *La sorpresita*. Sin duda, el personaje que sale del respaldar de la silla, burlesco y reprimido, era Pacheco.

Para aquellos que no lo conocieron, quiero que sepan que Pacheco no era ningún bobalicón; no era un hombre ordinario. Era mucho más culto que su héroe y, más que él, se sabía comportar en público. Muchos años antes de conocerlo, había trabajado con un astrólogo y antropólogo puertorriqueño conocido como «el Buscón», pero eso no viene al caso. Además sabía mucho sobre la ciencia ficción y la física. Nunca trastocaba la historia, como lo hacía Doroteo. A menudo se aparecía con hallazgos que sorprendían a quien se hacía llamar en ocasiones «el protector absolutísimo». También continuamente citaba a Santiaguito Aranegui, Julio Verne o a Leonardo da Vinci. Podía hablar interminablemente de Babilonia, de los Mayas, del poder del psicoanálisis, sobre cibernética, microscopios electrónicos, astronáutica, radio, cine, televisión, satélites y control remoto y otras varias aplicaciones de la electrónica. Esto, como era de esperar, molestaba mucho a Doroteo. «Cosas del vulgo», decía. Aunque lo que Doroteo temía, a Pacheco «el sin fortuna» ni siquiera le pasaba por la mente. Ahí las cosas estaban claras desde el primer momento en que se conocieron. El caballero, el líder, era Doroteo. El escudero, el fiel acompañante, sin voz ni voto, era Pacheco. Porque a pesar de todo su conocimiento, en la práctica, el discurso de Doroteo era el más efectivo y su osadía indudable lo transfiguraba en un ser convincente, mitad Sócrates, mitad Cicerón, con la ventaja de que sus diálogos eran más comprensibles pues estaban nutridos del argot popular. Es decir, era un orador moderno, actualizado, de vanguardia, como en algún momento hace ya muchos siglos lo fue Platón.

Pero «dejando a un lado estas finuras», como decía a menudo el mismo Doroteo, el incansable Quijote se sumió en una confusión total debido al estrés y la presión que lo embargaban; el retraso en que se encontraba su gran proyecto mesiánico lo hizo sucumbir. Siete días guardó cama nuestro caballero, como si el siete fuera un número fatal y a la vez esperanzador en su desequilibrada vida. Escuchaba voces y veía imágenes que en realidad él mismo sabía que eran producto de la fiebre que llegó al tope de que un ser humano podía resistir. Escuchaba risueño y miraba incrédulo, hasta que una mañana se levantó optimista, un poco por su fuerza de voluntad y un poco gracias a unas sopas de concha silvestre que le estuvo suministrando, o, mejor dicho, para no ser tan rudos, que le estuvo preparando afectuosamente Pacheco.

Aquella mañana, para exacerbarle el ego, Pacheco «el sin fortuna» empezó a recordarle algunos cuentos que él mismo le había inventado cuando era un niño. «¿Te acuerdas de Leticia, la santera que tenía diecisiete perros como parte de una promesa y la innumerable bandada de palomas que se pasaban el día posadas en el techo de tu casa? ¿Te acuerdas cuando te llevaba a echar brujería a la orilla del arroyo y tú aprovechabas para cazar aquellos peces transparentes que luego soltabas en la cisterna y se desaparecían como por arte de magia? ¿Te acuerdas que la gente decía que Leticia era mala porque había mandado a sus hijos para Miami con los Pedro Pan? Pero para ti era buena porque te llevaba a cazar peces al arroyo cuando iba a echar sus brujerías, que no se sabe para quién rayos eran...

Doroteo fue a emitir un comentario pero Pacheco se apresuró a hablar subiendo el tono de la voz y, con una mirada de alivio al notar que su excelencia le permitía continuar, aunque no fuera por mucho tiempo más, agregó: «¿Te acuerdas cuando jugabas a adivinar el nombre de las personas por su apariencia física?». En ese momento nuestro glorioso Quijote y ahora también astrólogo alzó la cabeza, miró por la ventana y vio a una mujer que pasaba, caminando lento. Era una mulata gorda, con los senos muy caídos y una abundante cantidad de celulitis y venas varicosas en las piernas. Esa mujer, según él, inevitablemente se tenía que llamar Concha. «Mamá Concha, no me preguntes por qué». Con un gesto servil, Pacheco inclinó la cabeza hacia su caballero y éste, después de un gesto arrogante y dictatorial, extendió la mirada hacia otro extremo del barrio.

Se acercaba un hombre de aspecto famélico, voz de trompetín. Lo supieron porque llamaba nervioso a su perro, que lo desobedecía tercamente. El hombre vestía de color azul prusia en una combinación de pantalón de *corduroy* y camisa de seda. Su expresión corporal era delicada, flexible, y en la comisura de los párpados parecía llevar una línea de lápiz sempiterna. «Sin duda se llama Walter, aunque estoy seguro de que en su barrio le dicen "Cose Cose"».

Pasó otro hombre de camisa de rayas, pantalón de mezclilla verde oscuro, botas altas y dos bolígrafos en el bolsillo de la camisa, sin reloj, bien afeitado, pelado bajito y con unas pocas canas, mediano de estatura pero, mirándolo bien, algo alto, un poco fornido aunque no se podría decir corpulento, de voz gutural. Lo supieron porque se le oyó preguntarle a una vecina con tipo de marimacho, llamada Altagracia, pero a quien todos le decían «casi macho», que dónde vendían el periódico. Era de pasos firmes y veloces. «No podría tener otro nombre que no fuera Manolo. Simplemente… Manolo».

Así pasaron Maritza, muy insignificante; Miguel, que iba con una caja de pasteles cuyo olor dio celos y evocó aún más la infancia a nuestro Quijote adivino; Olga, la del CDR, con unos reportes escritos la noche anterior, debajo del brazo, donde daba cuentas de todo lo ocurrido en el barrio a lo largo de los siete días de la semana, otra vez el siete. Miguel el pescador, con dos varas de pescar en la mano izquierda y una jaba de nylon blanca en la derecha, donde se podía observar, gracias a su mínima transparencia, que llevaba carnadas, un pan con croqueta, y un yogurt que iba a llegar descompuesto por el calor. Pasó Pirolo, el poeta, con una jaba de color marrón llena de naranjas y muchas monedas en uno de los dos bolsillos del pantalón, que sonaban agitadas como su convulso paso. «No sabría decirte, Pacheco, en cuál de los dos bolsillos van, pero sin arrogancia alguna, a ciencia fija, van en alguno de los de *'alante*. Ese sonido es inconfundible».

Pasó Hortensia, la peluquera; Maruca, una anciana retirada, que por el porte se ve que le mandaban dinero de la comunidad, o sea, de Miami. Pasó Javier, un *jabaíto* que quería ser atleta, alto como una vara, no de tumbar cocos sino como una vara de tendedera, aunque en realidad debilucho como un pichón y supersticioso como Martín, un viejo timorato que vendía aguacates en la plaza de Cuatro Caminos, y como ahora las matas no estaban en temporada, se dedicaba a elaborar cestas de guano y cuentos en las esquinas y de paso a tomarle el café a las viejas viudas del vecindario, que eran muchas.

Pasó Valdés, un policía de la época de Batista que también había sido policía con Fidel pero era tan viejo que apenas podía caminar. Arrastraba los pies y su color era gris como el de la ropa que llevaba puesta y al parecer su alma también era grisácea. «Hablaba mal de la Revolución hasta por los codos», decía Doroteo. Aquellos codos artríticos que lo hacían parecerse de manera vehemente a un cangrejo de playa penetrando en su cueva.

Por aquella ventana casi indiscreta, como la de la película de Alfred Hitchcock, pasaron además Josefa y Lupe, dándole a la lengua como de costumbre, arrancándole las tiras del pellejo a todo el vecindario, sobre todo a las mujeres más jóvenes y más hermosas. Pasó Eduardo el mecánico y Joel Mantequilla, más amarillo que el bijol y más calvo que Fantoma. Esto de algún modo le da al lector una idea de cómo lucían los protagonistas de nuestra historia. Pasó Nancy la disidente, siempre apurada y con una jaba llena de papeles y de enigmas. Pasó Sandalio Mala Pata, con Tito, Pepa, y Clara, que se veía muy bronceada, pues al parecer venían de una excursión en la playa.

Pasaron tantos que si los fuéramos a nombrar a todos, no nos alcanzaría este libro. Además, no nos queremos apartar ni un segundo más de nuestros protagonistas… Entonces, Doroteo volvió su mirada adentro. Afuera, algo lejos en la barriada, se oían voces, pero estas voces no perturbaban al gran emprendedor. Más bien lo consolaban al saber que, en un mundo tan grande, tan sórdido y desconocido, no estaban solos.

—¿Te acuerdas de…? —fue a proseguir Pacheco mirando esta vez él por la ventana, pero nuestro Quijote se aproximó, neurótico e impaciente, con una mirada furibunda, y exclamó:

—¿Sabes qué, Pacheco? Daré un giro drástico en mis inversiones. Ahora concentraré todos mis esfuerzos en el negocio de restaurantes.

Claro, su imaginación y originalidad, una vez más, desafiaban las reglas de toda lógica.

—Nuestro restaurante se llamará La Última Cena, y para complementar al lado abriremos un bar llamado Malamuerte, con lo que garantizaremos la asistencia al lugar no solo de los comensales sino también de los que deseen disipar las penas y ahogar viejos dolores.

No era tanto su humor sino un desproporcionado sentido de la realidad lo que llevaba a decir tales disparates. Pacheco «el sin fortuna» volvió a mirar por la ventana, más despojado que nunca de dicha fortuna, más alejado también que nunca de la realidad. En el cielo las gaviotas jugaban con un pez diminuto y plateado. Como en una carrera de relevo, se pasaban el batón entre gritos burlescos y nerviosos. Dentro, nuestro Quijote, o mejor dicho, el Quijote de Pacheco, seguía reinventándose incansablemente en un soliloquio que no tenía para cuando acabar, hasta que la vecina, Altagracia, ¿pelirroja/o? hermafrodita como una polimita y más incrédula que Judas pero que, sin embargo, recordaba a las carmelitas descalzas, tocó a la puerta para invitarlos a un velorio, el evento social más esperado de los cubanos.

Al salir la luna emprendieron la marcha. Las sandalias de Doroteo, ligeras como si fueran hechas de pluma, iban delante, dirigiendo el camino e inundando de aquel tufo soberbio todo lo que dejaba atrás su paso, al que ya por lo menos Pacheco se había acostumbrado. Tal vez esta noche, después de mucho

tiempo de reclusión voluntaria, protagonizara una nueva hazaña. Eso no lo sabremos pero de seguro aquella mente regresaría preñada de ideas, de esas que no lo dejarían dormir en paz
por mucho tiempo.

El Parque de las Palomas

¿Por qué escogí este lugar habiendo tantos otros? ¿Será por ese parque con el monumento a Maceo donde se agrupaban las palomas a comer pan, y digo agrupaban porque en realidad ya apenas vienen? A un par de muchachos les dio por cazarlas y casi las han extinguido. Primero venían con trampas y después con esos tirapiedras que hacían su blanco perfecto en las cabezas de estas aves tan pacíficas.

En una ocasión confronté a uno de ellos y me dijo que había leído un artículo que decía que en Italia les llamaban a las palomas «las ratas del cielo», porque ensuciaban sobre las estatuas y su excremento era como un ácido que poco a poco las destruía. Tengo que confesar que el hecho de que aquel muchacho harapiento y pícaro leyera ya me conmovía de algún modo. Aquel rebelde sin causa se llamaba Julián y era el más pequeño de cuatro hermanos; los otros tres se hallaban presos: uno por robar en los autos de los turistas; el otro por arrebatarle una cartera a una anciana; y el mayor por ejercer la prostitución y violar a una bailarina de Tropicana. En el barrio los apodaban «Los Tres Reyes Magos» (va a robar, va a arrasar y va a violar).

Julián estaba ahora frente a mí. Su imagen era casi exacta a la del carbonerito que un día vi en mi libro de primaria en aquella antigua escuela del barrio de Marianao. Lo invité a sentarse en uno de los pocos bancos que quedaban en pie, y después de un profundo pero delicado interrogatorio que le hice con mucho tacto, llegué a la conclusión de que ese niño era un alma de Dios.

Mientras le daba unas monedas, me hablaba de su padre:

—Él fue quien me enseñó a cuidar los monumentos de los patriotas. Fue internacionalista pero luego murió abandonado por el desgobierno de Castro. Le prometieron y le prometieron pero luego no cumplieron con nada.

Su caso era parecido al de muchos hogares que creyeron que con un internacionalista en la familia resolverían su situación pero no fue así en absoluto.

La muestra eran otros niños de la zona que parecían verdaderos pordioseros y merodeaban todo el día por los hoteles tratando de que algún turista les diera una migaja.

Julián, como casi todos los niños de su estirpe, era alto, de huesos duros y complexión atlética. Tenía algo de líder y se había criado en el rigor de un barrio que le hizo madurar antes de tiempo. Podía advertir el peligro con intuición y olfato de felino. Como también, con intuición y olfato de felino, detectaba una presa.

Era honesto, a pesar de la miseria que lo embargaba, cosa esta no muy común en estos barrios y, además, era, según él, más católico que el Padre Basilo Basilovski, quien luego terminó siendo un pederasta confeso y empedernido, o sea, el pastor, agredido brutalmente por Gorky, el cantante del legendario grupo de rock cubano Porno para Ricardo.

Julián era sereno de carácter y certero con el tirapiedras. «Donde pongo el ojo, pongo la piedra», decía.

A unos pasos de allí vivía Lourdes «la tiñosa», una mujer muy barroca que a pesar de vivir en un edificio construido al estilo Art Deco, vestía de negro con excesivo colorete, creyón marrón en sus gruesos labios, uñas largas y oscurísimas, cosa que la encasillaba directamente en el movimiento que ahora había cobrado mucha fuerza, caracterizado por su estilo sumamente ornamental y su angustia por el tiempo, o sea, «los barrocos».

Lourdes primero trabajó por un tiempo en la morgue del Hospital Nacional y después maquillaba muertos en una funeraria. Decía que pagaban muy bien. «Y además el trabajo nunca deshonra».

Los que no pagaron nunca bien fueron los comunistas, que, en una ocasión, la acusaron de «bruja diabólica» y la pusieron por siete días en un calabozo para investigarla. Para suerte o mala suerte de ella, la liberaron un martes 13, pero como ese día coincidió con que cometieron un atentado contra el jefe de sector del barrio Los Positos, y pusieron un cartel en el estadio de El Palmar que decía «Abajo Fidel», la volvieron a encerrar tres días más, siempre con la misma excusa. Era para seguir investigándola.

Hemos hablado de Lourdes como preámbulo para poder tener una idea sobre el personaje que vamos a mencionar a continuación. Se trata de Luis Piraña, el sobrino de Lourdes e íntimo amigo de Julián. Catorce años bajo la influencia de un padrastro cruel y estúpido que decía que el presidente Obama era un musulmán que había nacido en las Bahamas o en Alabama, ahora no recuerdo, pero lo que sí recuerdo es que este hombre fue el que en una ocasión le robó a Lourdes «la tiñosa» un violín viejo y destartalado que le vendió a un coleccionista de antigüedades borracho y extravagante que vivía en el barrio, haciéndole creer que era un Stradivarius. Luego el coleccionista trató de recobrar su dinero. pero era tan tarde que nunca pudo dar no sólo con su dinero sino que al vendedor de instrumentos musicales jamás le vio ni un solo pelo.

También recuerdo que este coleccionista, grave de muerte, le pidió a Luis una botella de ron y murió no sabemos si de cáncer o de una borrachera aquella misma noche. «Guindó el piojo». Esta es la carta de presentación de Luis Piraña, quien, como ya dijimos, era el mejor amigo de Julián, cuyo muchacho, al igual que Julián, tenía algo que lo hacía salvable y, al igual que él, parecía ser honesto.

Este Luis Piraña tenía también otra cualidad. Sabía hacer de un teléfono una ducha de baño, de una cafetera una alarma, de un termo una calefacción para el invierno, de una fosforera una bomba. Y era rápido como un lince.

—Es que la ignorancia a veces da hijos lúcidos —le dijo un policía a otro una vez en la Sexta Unidad de Marianao, donde se encontraba arrestado el Piraña por venderle unos pescados ciguatos a una familia, que por suerte se salvaron gracias a un tratamiento que les recetaron a tiempo en el policlínico Primero de Mayo. Porque todos habían cogido ciguatera, incluso el gato.

Los policías eran dos de los más bobalicones que había dado el barrio, para consuelo nuestro. Recuerdo que les decíamos Pedro «el sin límite» a uno por su inmensa barriga y Marcelo «el limitado» al otro porque era bizco de un ojo y para hablar hacía una mueca que lo convertía inmediatamente en blanco de cuanto nombrete se inventaba en el barrio.

El Piraña estuvo una semana detenido y enseguida lo soltaron con la excusa de que no había espacio en la unidad y había que ir soltando a los primeros que llegaron. Además, ya la familia que había cogido la ciguatera estaba bien, listos para otra comelata de tilapia de río.

Con este antecedente, el tal dúo, el Piraña y Julián, Julián y el Piraña, hacían un aporte magistral a los anales del barrio, y digo anales porque aparte de relatar los acontecimientos, dejaban un testimonio, o sea, una crónica de la época.

Julián tenía nombrete pero nadie se atrevía a decírselo, al parecer por respeto o por lo delicado del asunto; le había sacado un ojo a un niño en la primaria, que fue justo cuando dejó la escuela, y esto le hizo ganarse el apodo de «saca ojo», pero era un secreto a voces porque se rumoraba pero nadie nunca se lo dijo. «Fue sin intención, el tirapiedras se desvió».

Como le decía, Luis el Piraña y Julián habían acordado verse en el parque con el monumento a Maceo. Era viernes. Un pequeño grupo de palomas comía unas migajas casi en la mano de un anciano que había revivido a una larga enfermedad, y ahora tomaba sol no en un banco del parque sino en una silla hecha de madera y piel de vaca que en el campo llamaban taburete.

Lo único que en aquel anciano era valioso —además de él, que de seguro como todos los cubanos era un historiador innato al estilo de Leví Marrero, Jorge Mañach, Luis Aguilar León o más reciente, Enrique Ros— era su reloj, que al parecer era de oro y se exhibía de manera ostentosa e incoherente en la misma mano lenta donde tan velozmente devoraban migajas de pan las furiosas palomas, haciéndole parecerse, de manera increíble y absurda, a un mago en un circo de mala muerte. ¿Quién no se habría percatado? Solo un ciego, porque hasta Marcelo, el policía bizco y bobalicón que atendía la zona, después exclamó:

—¡Se la pusieron en bandeja! Es como decirle a los ratones que si quieren queso.

Lo que ocurrió fue que en un abrir y cerrar de ojos, Julián y Luis, Luis y Julián, desaparecieron del parque adonde se habían dado la cita, pero no solo del parque, también del barrio, y al parecer de Cuba. Nunca más se les volvió a ver ni en parque alguno ni en solar ni en ninguna unidad de la policía. Como si se los hubiera tragado la tierra.

Claro está, también la tierra parece haberse tragado aquel reloj que portaba el anciano.

—Como por arte de magia desapareció de su mano —dijo un anónimo.

El taburete apareció a media cuadra de lo sucedido, y el anciano a tres metros del monumento de Maceo, con los brazos extendidos y las manos abiertas..., rodeado de palomas aturdidas que miraban como si esperaran el ataque sorpresivo de algún gavilán.

Mi dulce barrio

A mis amigos «El Ñato» Williams,
«El Gambao» Angel Canal,
«El Cojo» Roberto Romero,
«El Gato» Oscar Mesa.

En aquella época empieza el primer recuerdo que tengo de mi existencia. Nunca más he vuelto a ver en mi vida un lugar realmente viejo, un caserío tan tupido donde se podía espiar las conversaciones de los vecinos solo con inclinar la cabeza a una de las paredes de la casa.

En aquel barrio escondí mi primer secreto y forjé mi primera deidad, mi primer Dios, con el cual me comunicaba a través de una serie de murmullos que solo yo entendía.

Allí supe por primera vez lo que era un borracho, lo que era un chulo, lo que era una prostituta, lo que era una santera o un matarife. Qué cosa era ser chusma o comunista, delincuente, senderista o preso político.

Aquel barrio, más que la propia escuela, te lo enseñaba todo, pues todo lo tenía. Recuerdo que lo que era un borracho lo supe de primera mano. La experiencia me tocaba de cerca, pues el abuelo de uno de los primeros amigos que tuve (Danilo) era todo un experto, es decir, un verdadero alcohólico.

El sujeto respondía al nombre de Eugenio, y aunque éste no se apellidaba Florit, tal vez creo haberle escuchado decir aquella frase, y cito: «A mi átomo de tierra: a mi definitiva presencia entre la nada», Eugenio Florit. Pero este Eugenio era más bien una suerte de analfabeto, y digo suerte, porque a pesar de su ignorancia, de su torpeza, de su vida precaria, árida, incoherente y rudimentaria, era feliz. Tal vez como lo eran aquellos guajacones sempiternos que a menudo estaban a flor de agua en la laguna del barrio que me recordaba el cuento de Onelio Jorge Cardoso, donde las tilapias se reproducían de generación en generación. También, extravagantemente feliz, Eugenio —el abuelo de quien siempre fuera, hasta el día en que me mudé, y aún después, uno de mis mejores amigos— era prácticamente como un cacique indio a la mejor manera de Jerónimo, el gran apache americano.

Además, allí conocí a otros tres de los borrachos más famosos del barrio, que venían a bañarse en total estado de embriaguez. «Tom Damelostrespesos», «Armando El Cana« y «El viejo Mariscal». Este último había sido expulsado de la Universidad de La Habana, donde ejercía como profesor de inglés, en época de Batista. Pero con la llegada de los Barbudos al poder se habían convertido en artículos obsoletos, él y el idioma que él hablaba, pues en Cuba hablar inglés en esa época era como estar poseído por un demonio. También, el viejo Mariscal veía como un demonio a los comunistas. Tal vez, por eso, siempre hablaba en inglés, para no entenderlos. Cosa que le hizo mucho bien. Pues, aunque hubiera tratado, no los comprendería nunca. Además, esto lo mantenía limpio y puro. No lo dejaba contaminarse con aquellos discursos interminables que esgrimía el líder máximo de la revolución. En los que casi siempre se refería a un desembarco inminente que saldría de las costas de La Florida, o un bombardeo próximo organizado por la CIA que se esperaba ya, de un momento a otro. El desembarco nunca llegó y el bombardeo aún el pueblo espera, pero de pitusas y piernas de jamón, que tanta falta hacen.

El viejo Mariscal se negaba a hablar *el idioma del enemigo*, tal parecía que se le había olvidado hablar en español. Cuando se molestaba con alguien, se le escuchaba proferir una serie de alaridos que, a mi entender, eran deliciosos, pues lo distinguía del resto de los borrachos del barrio, cosa esta que los otros borrachos resentían, desde lo más profundo de su ser. Nunca olvido un altercado entre él, el viejo Mariscal y Eugenio en el que parecía que, en definitiva, no se entendían, pues uno hablaba en inglés y el otro en español, hasta que vino Tom Damelostrespesos e hizo función de traductor. Y para echarle más leña al fuego, yo creo que exageraba en el contenido de las groserías que se decían. La bronca terminó con Eugenio detenido por la policía, y el Mariscal ingresado en el hospital. Yo fui de curioso a verlo, me llevó Josefina, una vieja admiradora que había sido alumna de él en sus años de mocedad, ahora encorvada y arrugada, a más no poder. Vestida con esas ropas, que aún conservan algunos, de lo que fue la moda en época de la República. Recuerdo que, por primera vez, lo escuché hablar español. Un español perfecto, con una dicción impecable, y un vocabulario basto que jamás se había escuchado en semejante barrio.

A la salida del hospital, Josefina me contó muchas cosas sobre su elegancia y su caballerosidad; a partir de ese día empecé a verlo como un rey y no como un borracho. Como un rey que revivía en silencio, día a día, aquellos fatídicos episodios que lo hicieron bajarse de su trono y convertirse en un sujeto quejumbroso, amargado, malhumorado. Un rey, un rey sin oro, a quien solo le quedaba el recuerdo de aquel pasado, que aún le dejaba los buenos modales, algunos diplomas que la misma Josefina le guardaba, y una mirada suspicaz e irreverente que, a veces, parecía que acusaba a todo el vecindario de su desgracia…

Por otra parte, Eugenio, se encontraba en la policía. Yo mismo acompañé a mi amigo Danilo para saber algo sobre él, pero el Carpeta se limito a decir: «Está en el calabozo por desorden público y desacato a la autoridad».

En una ocasión, Armando El Cana había estado en esa misma unidad de policía dos semanas, por jugar a la bolita, que es uno de «los males que dejó el capitalismo», según los comunistas. Pero no se le pudo probar nada, y por eso lo soltaron.

De cualquier modo, por una riña callejera, tres semanas como máximo sería la estancia en el lugar. Cosa que, a su vez, le servía para desintoxicarse y reflexionar un poco.

Tom Damelostrespesos se había evaporado, se esfumó, desapareció. Tal vez con la preocupación de que vendrían por él. Además, con el cargo de conciencia de que, pudiendo aplacar una bronca, lo que hizo fue exacerbar los ánimos y enfurecer a las partes en conflicto.

«Tanta culpa tiene el que mata la vaca como el que le aguanta la pata», hubieran dicho.

Algunas ciudades poseen, como algunos seres, una dulce manera de ser crueles; ése era el caso de mi ciudad. Que no tenía iglesia, pero tenía un Plante de Abakuá, que no tenía monjitas, pero tenía santeras que recorrían las aceras vestidas de Yabó con sus collares y sus pañuelos blancos en la cabeza. Ésa era mi ciudad, que no tenía confesionario, pero tenía un CDR que te ponía en capilla ardiente si movías un pie más de lo necesario. Mi barrio, donde si te marchabas, eras una escoria, donde si te revelabas eras un gusano, donde ser chusma y grosero era ser macho. Donde ser decente y educado era ser un pájaro. Donde ser jinetera era tener talento. Y una muchacha estudiosa era una idiota. Mi barrio, donde por una bicicleta podías perder la vida. Y si querías aprender un oficio, te daban a escoger: ¿carterista o policía?

En este barrio existía su propia ética, su moral, sus juegos y hasta sus aspiraciones. En este barrio había códigos, reglas establecidas, leyes que no se mencionaban; pero estaban ahí, y el que las desafiaba, pagaba un alto precio. Aquí, la calumnia, la difamación y la intriga se pagaban con sangre en el mejor de los casos. En fin, era un infierno. Aunque también, en este barrio, te podías encontrar un gran amigo, siempre a punto de dar la vida por ti. Y, a pesar de la violencia, existía una sensación de armonía que te sumergía en una atmosfera de paz y cautela no muy diferente de la que se practica en algunas entidades religiosas o políticas.

En este barrio también aprendí a hablar sin ambages, sin miedo. Aprendí a cultivar el fruto de la perseverancia y el tesón. Aprendí que el valor era como un ataque momentáneo, que te sorprendía frente a la injusticia y, si dejabas que pasara ese momento sin aprovechar el furor que producía la ira, se podía convertir en cobardía.

De algún modo campeé por mi respeto, de algún modo, era libre y de muy pequeño me supe dar a respetar, y me gané el cariño de la gente. Pero nunca como «El Bala», uno de mis contemporáneos, a quien la muchedumbre tantas veces recibió con bombos y platillos de regreso de sus hazañas, que fueron varias. Como cuando, en compañía de «El Piti», mató a un policía que estaba de guardia en la Embajada del Perú. O como cuando liberó a una muchacha secuestrada y violada en el barrio de Los Pocitos, que había sido tomada como rehén para exigir un dinero que se le debía a «El Manta», que se hallaba entre los delincuentes más connotados de su época. Que hizo fortuna como cuatrero, que era como se le decía a los matadores de vaca.

«El Bala» era mirado como un héroe, un ícono, el gran modelo a seguir por todos, el más admirado, por ende, también el más envidiado. Y el que más enemigos tenía, pues se había convertido en un verdadero vengador a sueldo. Aunque él siempre expresaba que lo que hacía, lo hacía por la moral y la dignidad de su barrio. Era astuto con la mente y rápido con las manos. En más de una ocasión presencié combates en los que su contrario salió directo al hospital, o se tuvo que humillar y pedir perdón ante una navaja de barbero o punzón, que amenazaban con perforar su tórax.

Aquello era lo que se podía aprender en aquel barrio. Tú eras dueño de tomar la decisión, de horrorizarte y no salir más a la calle, o de ganar en experiencias callejeras, conviviendo con las jóvenes promesas que prometían tener un futuro semejante al de «El Bala», que finalmente se convirtió en un mártir cuando «Marino» lo mató en una valla de gallos en el barrio de Cocosolo, después de no pagar en una apuesta que había perdido. «El que juega por necesidad, pierde por obligación».

El relato sobre lo ocurrido fue terrible, espeluznante: «Marino», de un machetazo, le tumbó la mano izquierda, que era la que «El Bala» usaba. Fue a sacar su arma con la derecha, pero otro machetazo se la arrancó de cuajo. Aunque parezca cruel, la imagen lo hacía parecer sobremanera a una Venus de Milo ensangrentada con cabeza de sátiro. Conservó su soberbia y su valor hasta el final, pero una serie de machetazos le tasajearon el cuerpo. La medalla de oro que siempre usaba saltó mordida por el filo del acero y cayó en un extremo de su cuerpo, tinta en sangre. Con él, moría toda una leyenda, la trayectoria impecable del más gallardo y severo titán. «Lo tumbaron del caballo y luego le facharon todas las prendas». Así le contó un novato del barrio al tío de «El Bala», Mauricio el Babalawo, que le había hecho un trabajo unos días antes para que no tuviera problemas con la justicia. Y le había advertido que la letra traía peligro, que no debía tomar con extraños, ni ir a la valla de los gallos. «El que no oye consejos, no llega a viejo».

Su desobediencia le hizo cometer un error y ya sabemos que aquí un error se paga muy caro. Y en ocasiones como en ésta, con la vida. Pero «El Bala» no era el único guapo duro que había dado el barrio, media docena de enemigos que le temían vieron el sol después de años. Aprovechaban ahora para disputarse el primer lugar, que en realidad era el puesto que por mucho tiempo él había ocupado.

Uno hábil también, cruel, pero con menos carisma, iba ganando terreno poco a poco, «Arocha el chino». No tenía el porte ni el aspecto de «El Bala», pero era rápido y debido a sus múltiples asaltos a mano armada había acumulado algún dinero. Gracias a él se supo de nuevo de Tom Damelostrespesos, pues se hizo novio de la hija menor de Tom, Emeli la pecosa. Aunque *más pronto que date prisa* la abandonó con una criatura de seis meses, pues la policía emprendió una orden de captura contra él por matar a un anciano para robarle una cadena de oro. Emeli nunca comentó sobre el hecho y Tom Damelostrespesos, cuando un sobrino de «El Bala» le preguntó, tampoco quiso hablar. Se limitó a cuidar a su nieto con todo el afecto del mundo, y prometió a su hija que no tomaría más. Y así lo hizo.

—Tú vas a ser un hombre de bien, gentil y educado —le decía a la pequeña criatura.

Otra figura cimera descolló en el barrio, éste había sido Abakuá, pero lo habían expulsado del plante por estafar al bodeguero. Le decían «Manteca», aunque su nombre era Wilfredo, y era pariente lejano de mi amigo Danilo, a pesar de que mi amigo nunca lo mencionaba, ni lo trataba. Porque él sabía que de este tipo de gente había que cuidarse, pues al menor descuido te la hacía. Y así fue, en un abrir y cerrar de ojos, le robó la bicicleta, que era el único transporte que mi desafortunado amigo tenía. Luego hizo una serie de trastadas que alertaron al vecindario, a lo que su abuelo, o sea, Eugenio, que desde aquel problema con «El Mariscal» ya hacía varios años tomaba a escondidas para que nadie *le llevara la carta*, como se decía en el vecindario, exclamó: «¡Ese Manteca es un ladrón y un borracho de mierda! Te lo dije, Danilo, que no lo trajeras aquí. El que a mal árbol se arrima, mala sombra lo cobija».

Éste era otro de los miles de dicharachos que se repetían constantemente y a todas horas en mi barrio.

A continuación reproduciré una pequeña lista de los más populares que se gritaban a voz en cuello, día a día en la barriada.

Dicharachos:
El que la hace la paga.
Dios le da barbas al que no tiene quijada.
Cría cuervos que te sacaran los ojos.
El que se acuesta con niños amanece cagado.
A mal tiempo buena cara.
La lengua es el azote del cuerpo.
Más sabe el diablo por viejo, que por diablo.
Cuando Tim tiene, Tim vale. Cuando Tim no tiene, Timbale.
Cuentas claras conservan amistades.
Enhorabuena
A mala hora.

… Olvidaba decir, aunque no es un dato de mucha importancia, que a Tom le decían «Damelostrespesos» por un dinero que Armando «El Cana» le debía, el cual nunca le pagó. Pero en miles de ocasiones, y siempre totalmente ebrio, se lo reclamaba. La regla de oro del estafador es que nunca te mata el entusiasmo. *Hasta que el punto no se enfríe, no le puedes cantar jugada.*

Recuperar lo suyo es siempre la esperanza del estafado.

Armando «El Cana» —todo un veterano de la estafa, personaje del que se dice que había sido proxeneta y había construido el primer bayú de Pogoloti, cuyo negocio conducía de forma magistral hasta que la mano de hierro del chulo máximo en el 59 se lo interviniera— era una lumbrera, un genio marginal. Recuerdo que una tarde, en el solar de Los Pepón que hay cerca del Realengo Dieciocho, nos mostró a un grupo de adolescentes: algunas fotos de las empleadas que trabajaron para él en el Bayú. Yo no podía salir del asombro, casi todas eran mulatas y en su mayoría gordas, cosa que no me permitía comparar con ninguna de las muchachas del barrio. Además, de algún modo, mataban mis fantasías, decepcionaba mis ilusiones.

—Yo recuerdo —dijo «El Cana»— que muchos padres llevaban a sus hijos a que tuvieran su primera experiencia en el Burdelito. Siempre eran bien recibidos.

Pobres criaturas, pensé yo, no las obreritas, sino los jóvenes que tenían que sufrir esa experiencia traumática como su primera vez. Luego, supe de boca de una vecina bruja, que coleccionaba huesos de gato, que muchos de aquellos muchachos terminaban siendo gays o curas, o militantes del Partido. «La marquesa de Miraflores», legendaria anciana que vivía en el solar de los Pepón, en otra ocasión me confesó que ella había trabajado en el Burdelito bajo las ordenes de «El Cana», y siempre tenían problemas con el pago.

—Estos desacuerdos, esta deshonestidad, la envidia, la mezquindad, las botellas en el gobierno, los conflictos de intereses y el temperamento del cubano fue lo que hizo que una revolución verde olivo, fanática y llena de barbudos sanguinarios triunfara en la isla.

«Aquellas aguas trajeron estos lodos», se quejaba «la marquesa de Miraflores», casi vestida en harapos, acompañada de un perro viejo casi ciego, quien, sin embargo, parecía ser un alma generosa y sublime, dadivosa y sofisticada.

Por otra parte, en el barrio seguían surgiendo los líderes, los héroes, los íconos, los mártires. Según su generación eran sus características, variaban los ideales, los estandartes, los himnos que proclamaban, las religiones que practicaban.

Así, a lo largo de todos estos años, vimos morir al viejo «Iván el Terrible», al «Cúmbila», a Pancho «Dosmachetes», al «Masllorao», que fue el nombre que se le dio después de muerto a «El Bala», cuyo nombre verdadero era Jorge Andrés. Y vimos crecer al hijo de Emeli, la hija de Tom «Damelostrespesos», con «el Chino Arocha», cuyo muchacho ya hacía que su nombre sonara en la barriada. Le apodaban «El Narrita». Empezó como ladrón de palomas y gallinas, luego, lo mismo cartereaba que metía un robo al descuido, que metía un robo con fuerza o una estafa… También en esta familia, las tilapias de Onelio Jorge Cardoso parecían tener un parangón.

Aquel barrio, para un alma frágil y sensitiva, no ofrecía nada. Solamente, al hampa, a los hampones le ofrecía el refugio perfecto. Porque cuando entre pillos anda el juego, el más pillo es el que gana. Muchos ganaron y por mucho tiempo, entre ellos Tony, «El Tata», los jimaguas, Berta, Popo, «El Ruso», Efigenia, «Manopla», Margarita «la Plebeya», «Tiburón», Juan «Pescao» y «el Diplo», que se hallaba en la cárcel por matar a «Derrumbe», una de las almas frágiles y buenas que no estaban hechas para vivir en aquel remolino infernal. Pero Dios hizo que naciera allí, no sé con qué propósito.

Si algún día este relato llegara a ser leído por alguien de mi barrio, quisiera que se detuviera en ese apodo, «Derrumbe», pues era el único hombre realmente honesto que vivía en el barrio. Recuerdo que trabajaba, cosa que lo convertía casi en un santo. Tenía dos empleos, que a su vez eran su propio milagro. Era celador en el juzgado por la noche, y guarda parques en el día. «El Diplo» lo mató por unos papeles que necesitaba hacer desaparecer para anular un juicio. Al no dejarlo cumplir su cometido, con una navaja de barbero le cortó la vena aorta y se desangró. En la mañana, de camino a la escuela, todos los niños se aglomeraron alrededor del cadáver. Incluso uno de sus hijos, «Ladrillito», de trece hijos más que tenía. Como en el barrio todos teníamos apodos, a sus hijos les decían los invasores. Así también recuerdo a otras familias numerosas apodadas «los Pininos», «los Primitivos» y «los Muchos». Éstos con mejor suerte que los invasores, pues los habían despojado del único sustento, del único hombre de la familia que trabajaba. Y uno de los pocos que yo recuerde que trabajaba en todo el barrio.

Era así, aunque parezca exagerado… Así era mi barrio, aunque les suene horrible, lo mejor que sucedía, al decir de algunos, es que no había diferencia de clases. Las diferencias eran en cuanto a aspiraciones. Yo siempre aspiré a mudarme, lo único que quería era vivir en otro lugar. Al menos, en uno de esos barrios del Vedado que tanto amó Guillermo Cabrera Infante en el pasado, y Lezama Lima veneró hasta su muerte. Donde la cursilería UJC ahora era una moda pero, al menos, nadie sabía lo que era una bayoneta, un puñal o una navaja. A donde se pudiera soñar, a pesar de los miles de policías. A donde se pudiera caminar libremente, aun a sabiendas que el CDR te vigilaba. No sé, cerca del mar, ese mar que Reinaldo Arenas y Virgilio Piñera tanto mencionaban. Y no de esa laguna que me hastiaba, por los años que perdí, tratando de pescar algo sin resultado alguno. Por las insolaciones, por su agua tan sucia y las picadas de mosquito. Por los catarros y por la muerte prematura de Juanqui y de Pirolo, cuyos motivos aún no hemos sabido.

Mudarme a otro lugar, a otro barrio, desde donde aquel lugar fuera un dulce recuerdo del pasado. Un dulce y cruel recuerdo. Sí, a eso era, a lo que no yo, sino mi alma aspiraba. Mi alma que la vida la fue volviendo cautelosa y dura como una coraza. Suspicaz e intuitiva. Mi alma que no olvida, que no puede olvidar. La que desde el fondo, con todos sus tormentos y sus ruidos, un pequeño optimismo la levantaba, por encima de la miseria humana. Y le susurraba que todo cambiaría, que las cosas no habían sido tan violentas, y que valió la pena cuando en el barrio pusieron los apodos y Ariel «el Sabio» me bautizó «el Escribano».

—Tú eres el escribano de la pandilla, tus armas serán siempre las palabras.

En aquella época empieza el primer recuerdo que tengo de mi existencia.

Fundora

Un manotazo en la puerta y un botellazo contra la ventana, después el gran silencio de la noche, y luces, luces, luces. Hasta que todo el vecindario lo vio salir, semidesnudo y esposado, solar afuera.

—Eso fue lo que paso, iba con un pómulo amoratado y sangraba por la nariz —comentaba un vecino, recién mudado para el vecindario.

—A decir verdad, él no era una mala persona, pero se le iba la mano con la bebida y cometía abuso con los animales —decía Librada, la santera.

—Yo siempre se lo advertía, que la juntera no le traería ningún beneficio. Que dejara el alcohol y se pusiera para la rumba —decía Ledesma «El Rumbero». Aunque en el barrio todos lo llamaban «Desmadre».

—Es un maleducado, un lumpen, que no trabaja y esta desviado ideológicamente, dijo la presidenta del CDR, cuando la policía lo fue a investigar, porque se decía, andaba en negocios turbulentos.

Lo cierto es que nunca se le probó nada, lo que sí se sabía era que la noche que lo arrestaron estaba en total estado de embriaguez, y se le había despojado de gran parte de sus ropas, las cuales le había mandado un familiar del extranjero: Jeans Levi, T-shirt Tommy Hilfiger, Tennis Nike y reloj Rolex, que, en un barrio como ése, era toda una tentación para los asaltantes.

—Solamente a un loco como él se le ocurre regresar a las dos de la mañana, y en tragos, a un barrio lleno de lacra social como éste —exclamaba Juan Fong, dirigiéndose al Ledesma «El Rumbero» en una esquina de la bodega.

«Lo dejaron como el gallo de Morón, sin plumas y cacareando», decía la vecindad.

—Yo le dije varias veces que si quería aprender a tocar un instrumento de percusión, yo le tiraba un cabo —comentó nuevamente Ledesma.

—Yo le prometí que si sacaba la licencia de manejar guaguas, le resolvía trabajo en el paradero, que ahora hacen falta chóferes —concluyó Juan Fong.

En otra esquina, en esta ocasión de la tintorería, Caridad y Clementina comentaban:

Caridad: —Ese chiquito es metralla, mira que han tratado de encaminarlo y nada. Que mala cabeza es, salió a su tío, yo lo conocí, se fue para el norte, era retama *pa* Guayacón. Hacia sufrir mucho a su madre, había que estarlo bajando de las azoteas. Se la pasaba empinando papalotes, cazando palomas, tirando piedras, *acababa con la quinta y con los mangos.*

Clementina: —Eso es hereditario, seguro es un problema genético…

Otra vecina, que pasaba en ese preciso momento, exclamó: —*Árbol que nace torcido, jamás su tronco endereza.* Se lo digo porque yo sé de quién están hablando —deteniéndose—, no respeta ni a la madre de los tomates.

Así, sucesivamente en cada esquina del barrio, cada cual daba su versión de los hechos, según su ignorancia o sus conocimientos. Mientras el polémico Fundora, que es el apellido de nuestro protagonista, palidecía de pánico en la oscuridad de un calabozo e iba pasando la borrachera que había cogido con una botella de Habana Club.

—¡Antonio Prieto Fundora! —dijo el carcelero. Pero nadie respondió.

—¡Antonio Prieto Fundora! Dale que te vas… —volvió a decir.

Varios detenidos que había a lo largo de todas las celdas dijeron: «¡Aquí! ¡Aquí!». Pero el carcelero lo había visto entrar en la noche, y no era fácil confundirlo, pues él, como pocas personas en la vida, le hacía tributo a su primer apellido. Además sus ojos eran verdes, casi como los de un irlandés de Dublín, la capital del sur de Irlanda. Cosa esta que lo convertía en una verdadera rareza, un producto exótico, salido de las entrañas de uno de los barrios más folclóricos de Cuba.

—¡Aquí! —dijo entonces Fundora, aprovechando el silencio que se había hecho en el calabozo, mientras abría la celda el carcelero, que también era prieto, aunque no ostentaba tal apellido. Le decía:

—Mandamos a un vecino a que te trajera una muda de ropa, pues en el momento de tu detención estabas casi desnudo y ebrio completamente. Por suerte, no hiciste resistencia, sino las cosas se hubieran complicado.

Los ojos de Fundora refulgieron como los de una pantera en la oscuridad de la selva. Su rostro estaba serio, pero algo en él denotaba alegría. Su cuerpo, musculoso y flexible, se movía con gran disposición y osadía. Recorrió con la mirada el techo gris y mugriento del húmedo calabozo, esta vez sin esposas. Y con aquel uniforme naranja, que le habían puesto provisionalmente, subió las escaleras desenvuelto, como si aquella operación la hubiera ensayado una y otra vez.

Al llegar a la carpeta, lo esperaba Juan Fong, con una muda de ropa envuelta en un papel de periódico. Se cambio deprisa, no hubo que darle ningunas pertenencias pues nada tenía a su llegada. Le dieron a firmar un papel, que al parecer era una multa, y en seguida estaba en la calle.

Mientras caminaba por la acera con Juan, le decía:

—Quiero darte las gracias, mi *ecobio*, por todo lo que has hecho, éste es el momento de probar a los grandes...

Pero Juan, no lo dejó terminar la idea.

—Tu abuela ha pasado un mal rato, ella fue quien me dio tus cosas para que te las trajera, dice que tu tío era igual que tú, que con él nunca tuvo paz.

Fundora se detuvo a observar cómo en un árbol que extendía una rama casi seca, se hallaba un ave que daba comida a una cría, al parecer, de otra especie. El pichón era rayado blanco y gris; el ave que lo alimentaba era verde, casi verde olivo. Era pequeña y parecía frágil, alocada, asustadiza. Juan, que era de ojos negros y achinados, de pelo lacio y rostro amarillento, como el de un arlequín cansado, miró al suelo en ese preciso momento, y le pareció oír a lo lejos una música que había escuchado en el barrio de Zanja, en la Habana vieja, cuando fue por primera y última vez a un ritual para San Falcón con su abuela Ivon Fong, de origen asiático, ahora enterrada en el cementerio chino de la Avenida 26.

Transcurrieron unos segundos, Fundora bajo un poco la mirada, Juan subió un poco la de él, lo suficiente para que «sus ojos negros» —como los de la canción rusa (que cantaba el trío Guayacán), con la diferencia de que éstos casi no se abrían— tropezaran con «aquellos ojos verdes», como los de la otra famosa canción. Aunque sabemos, sin duda alguna, que no fueron precisamente los que inspiraron a Nat King Cole a mirarse en aquellas quietas aguas.

Estas criaturas tan diferentes pertenecían a la quinta esencia habanera, y siendo tan distintos, eran tan iguales que nadie lo creería. Ellos eran también los mejores hijos de una revolución, y se negaban a ser devorados por ella. Más bien, ellos devoraban, no sólo a sus padres, sino que además devoraban a sus abuelos, a sus tíos, a sus vecinos, a todo lo que se moviera y respirara. Como le dijo su abuela una vez a Juan en el restaurante Mandarín Oriental casi dos semanas antes de morir:

—Allá los que se esfuerzan por construir un socialismo utópico que nunca existirá. Los que se desangran por una revolución que hace 53 años surgió y sigue llamándose a sí misma revolución. Cuando todas las instituciones políticas, el estado, el gobierno, la religión, etc. se han mantenido secuestrados por dos hermanos. Allá los que aún confíen, los que aún esperen cambios.

—Nosotros no —decía Fundora—. Nosotros desafiamos el futuro, devoramos el presente, y para nosotros el pasado nunca existió.

»El tiempo, que todo lo pone en orden, puso en orden mi vida. Sobre las cruces que tantos enterraron, surgieron estas flores. Somos el fruto que dio una rama llena de espinas… Como dijera Baudelaire: *Las flores del mal*.

—¡En otras palabras! —interrumpió Juan Fong—. Somos lo que trajo el barco, lo que se vende como pan caliente. Olvídese de Sai Baba y del Tíbet, de Irak y los talibanes, de Buda, del Sanscrito, de Galileo, de Mahatma Gandhi, del Vaticano, del Titanic… —Así hablaba, sin conocimiento de causa, cuando Fundora lo interrumpió sorpresivamente, molesto por los conocimientos de que hacía alarde, para decirle:

—Fíjate lo que te voy a decir, Juanqui, no le vayas a contar lo de mi arresto a Aimara «La Inmaculada», tú sabes que yo no he perdido las esperanzas de casarme con ella.

A Juan le pareció ver una coreografía del folclore japonés, todos con sables y vestidos de rojo, con muchas plumas que se alborotaban y avanzaban hacia ellos. Pero se contuvo, sabía que era producto de unas alucinaciones que estaba teniendo últimamente.

—Descuídate, negro, yo no soy chiva, además todo el vecindario te vio salir esposado. Ella estaba dentro, pero no quiso salir, yo creo que te ha cogido miedo. Primero, lo de la noche que pusiste a los Beatles en la grabadora a todo volumen, como si tú supieras inglés, ni la cabeza de un guanajo. Después lo de las peleas de perros, que te han dado muy mala fama en el vecindario... Hasta Librada la santera andaba diciendo que Babalu Aye te iba a castigar. Y ahora, esto, dando manotazos y rompiendo botellas en la casa de tu ex. Dice Ledesma que tú te crees que eres Espartaco, que cada vez que coges una borrachera empiezas a buscar problemas con todos en el barrio.

—Desmaya esa talla, deja el ogsorbo o vas a terminar con 30 años de prisión en El Combinado. Y tú no estás para eso —le decía.

—Oye, Juanqui, yo creo que tu trabajas para G2, siempre te las sabes todas, siempre estas aconsejando a todo el mundo. Apareces cuando menos me lo espero, eres como Olofi, estás en todas partes. Dime de una vez, para quién rayos trabajas. Ni jodes, ni dejas que los demás jodan.

—No se trata de eso, compadre, me da pena con tu abuela, no es fácil el paquete que le ha tocado... Deja que la pierdas, como perdí yo la mía.

Así argumentaban, mientras caminaban de regreso al barrio de Los Quemaos. Ambos ufanos y orgullosos de sí mismos, cada uno convencido de su hazaña. Uno, la de sacar a un preso del calabozo, y el otro, de entrar y salir, en este caso, entrar sin ropas y salir vestido, aunque sin reloj.

—Tú eres un verdadero vendedor de ilusiones —así le dijo Ledesma a Fundora al día siguiente, cuando se lo encontró sentado en la pizzería El Turín, con media pizza de chorizo y una cerveza en la mano.

—Y a ti, ¿quién te ha dado vela en este entierro?

—Le prometiste a Aimara que te ibas a casar con ella, y lo único que has hecho es hacerle la vida un yogurt. Tienes el barrio virado al revés.

Fundora lo miró fijo, pero en su mirada había más compasión que rencor. A nadie odiaba, pues nadie nada le debía, más bien lo habían malcriado demasiado. Era el niño mimado, no solo de su casa, sino también de todo el barrio.

—*Éramos pocos y parió Catana* —dijo animado Fundora, al ver que Juan Fong hacía su aparición en la pizzería.

—Te vamos a hacer el primer monumento desnudo que se ha dedicado a un delincuente en el barrio de Los Quemados —dijo refiriéndose a Fundora—. Tremendo papelazo que hiciste las otras noches.

—Ya, yo se lo dije —agregó Ledesma—. Lo que pasa es que, al parecer, le entra por un oído y le sale por el otro.

—Con amigos como ustedes, no necesito enemigos —dijo Fundora, dándose un trago de la cerveza que se había calentado—. Se han convertido en mis verdugos —volvió a articular.

—¿Verdugos? —dijo Juan Fong—. Verdugo es lo que eres tú con tu abuela, miserable… Fundora se fue a levantar, ofuscado, con los puños cerrados y la mirada turbada, pero Ledesma, lo contuvo sin gran esfuerzo—. ¡Lo hacemos por tu bien, y el de tu familia! —le dijo en tono grave, para después modificar el carácter y adicionar—: Pero no te preocupes, nosotros seguimos siendo tus *Partners*, olvida lo que pasó, borrón y cuenta nueva. Ojalá que eso no pase más.

Se sabe que en estos barrios, el 90 por ciento de los problemas terminan con un abrazo y cogiendo una borrachera. Y así fue. Veinte minutos después, estos tres personajes se hallaban en el bar Los Tres Judas. Fundora en el medio, a la mano izquierda se hallaba Juan Fong, que de algún modo se sentía recompensado por su hazaña. A la mano derecha, Ledesma, que emocionado tocaba sobre la barra, como si fuera una tumbadora.

—*Tiene el leopardo un abrigo en su monte seco y pardo, yo tengo más que el leopardo, porque tengo un buen amigo* —dijo Juan.

La escena recordaba a Cristo crucificado, con los dos ladrones a ambos lados. Mientras que en el vecindario todo seguía su curso como si nada hubiera pasado, Clementina y Caridad volvían nuevamente al chismorreo. Librada la santera, que pasó de regreso de casa de un yerbero, los vio en el bar.

—¡Sálvate y sálvanos! —decía Ledesma justo en ese momento.

Qué desmadre, pensó en silencio Librada, aún no ha pagado la multa y ya está tomando, e irguiendo la cabeza apuró el paso, para que todas las hierbas llegaran frescas, y los animales vivos, al Ebbo que le iban a hacer a Aimara «La Inmaculada».

Valentín, espiritual y guía

Este argentino proclamaba a los cuatro vientos que en el lago de Oquichovi construirían la segunda Venecia. Hombre culto en verdad, en absoluto arrogante, con más tipo de psicólogo sin licencia que de astrólogo, y mucho menos que de místico. Sin embargo, de profesión Babalawo, cosa que había aprendido en el barrio de Pogoloti, y ahora, dominaba a la perfección.

Ejercía en un área repleta de cubanos y centroamericanos, en la ciudad de Hialeah. Y cuentan que, hasta el alcalde, Raúl Martínez, los senadores de La Florida, Basulto el de Hermanos al Rescate y Ramoncito, el de Democracia, se consultaban con él. En su pequeño *efficiency* había construido un altar que abarcaba todo el área de la vivienda. Donde enseñaba a equilibrar las energías, hacía creación de aureola y limpieza de aura. En ocasiones, la limpieza de aura también venia acompañada de limpieza de bolsillos, que era cuando te dejaba sin un centavo.

Si una muchacha hermosa llegaba a su consulta, después de examinarla a través de los espejos mágicos, le recomendaba un rompimiento. Para eso, la muchacha tenía que traer una muda de ropa en una bolsa, cosa que, cuando le rompiera la que traía puesta, se pusiera la otra. No sin antes estar de treinta a cuarenta y cinco minutos totalmente desnuda y en posición fetal o felina frente al «altar de los dioses legendarios», donde se dice que estaba hasta San Diego. No el santo milagroso de Méjico, sino Diego Armando Maradona, el futbolista. Que ahora también había hecho unos diez o doce milagros entre los cuales estaba el de salvar su propia vida después de una sobredosis de anfetaminas, las cuales le había enviado su amigo el Brujo Mayor, un viejo verde y barbudo que aún vivía en la ciudad donde Valentín se había hecho Babalawo.

Recuerdo que en una ocasión, como gran cosa, Valentín me había invitado a comer una milanesa y tomar una materva. Después me lo estuvo sacando por muchos meses.

El mismísimo Pichardo montó en cólera cuando vio cómo aquel joven talentoso se iba abriendo paso y ampliaba su negocio desafiando toda regla establecida e imponiendo su propio criterio.

Fueron muchas las asistidas, y muchos a los que siempre sacaba del aprieto. Desde limpiezas con flores de colores, bajo la luna llena, hasta la operación: Aire-Tierra-Fuego. Todo esto siempre acompañado de un jarabe bondadoso hecho con unas hierbas desconocidas, que hacía que el donativo fuera lo suficientemente sustancioso para proseguir con el proyecto expansionista.

También se dice que desarrolló una especie de mantra, versículo, cántico, itta, charada u horóscopo —no sabríamos muy bien cómo definirlo— que decía:

> *Será una guerra larga,*
> *larga, larga muy larga.*
> *Como una fina hebra*

de pólvora en la tierra.
Sombra decapitada,
paloma heroica, herida y heridora.
Nube de Buenos Aires,
hielo descongelado,
faro desde otra altura."

Así rezaba el milagroso rezongo.

Un chino carnívoro que se había criado en Malasia, ahora residente en Hialeah y casado con una china que se había criado a base de berro en Bejucal, Cuba, le recomendó que adicionara una línea que dijera: «Carne despreocupada». Pero Valentín a pesar de acariciar la idea, y agradecer el aporte de ambos, jamás empleo la línea. Le parecía que se alejaba mucho de su concepto de la religión, y de algún modo lo encasillaba mucho. Él necesitaba dejar un final abierto, una lectura indefinida, de manera que se fuera ajustando según su conveniencia y las necesidades del cliente. Además lo agradecía entre comillas. ¿Quiénes eran esos chinos para modificarles su oración? ¿De dónde habían salido semejantes trogloditas?

Sembrando unas semillas de fruta bomba en el jardín del restaurante, que recién inauguraban, se lamentaba el chino tiempo después, por haber dejado a la china sola tanto tiempo, con semejante sujeto. Lo cierto es que a ella su carácter le había cambiado en algo.

Esencias y sudores, barullos y chillidos,
espadas silenciosas, romance, escalofrío,
Miel que nos va endulzando la mirada.

Frases como éstas, incomprensibles, y otras más incomprensibles aún, repetía a lo largo del día mientras trabajaba acompañada de quien hasta ahora era su esposo. Hombre con el cual había montado aquel restaurante, obviamente, de comida china en el mismo corazón de Hialeah.

El argentino ni se portaba por allá, sabía que aquel chino colérico se podía transformar en samurái de un momento a otro y su cabeza no tenia precio para una sopa *won ton soup* con *dumplings*. Sobre todo, por las sustancias que podía adicionar a tan suculento plato.

Alfonso, que era el nombre del chino, en varias ocasiones se dispuso a confrontar al «Guía espiritual», pero Flora, que era el nombre de la china, siempre le quitó la idea.

—¡Este miserable nos ha sumido en una hambruna! —desbarraba él.

—No hagas caso de lo que murmura esa gentuza, ese hombre es honesto, pero le tienen envidia por su evolución, porque en verdad le ha ido bien. —Así le decía Flora a Alfonso, unos minutos antes de que se supiera que Valentín había sido arrestado por posesión de productos alucinógenos, tráfico de estupefacientes y acoso sexual.

Para alivio de muchos, fueron tantos los años que guardo tras las rejas, que a su salida de la prisión, el lago de Oquichovi se había vuelto un pantano tan pequeño que solamente a una garza blanca y raquítica, se le vio en una oportunidad venir a matar la sed bajo un sol calcinante, que quemaba la espalda de los estibadores allá en el puerto de Miami.

El cartel

El cartel decía: *No pase*. Quindelan se detuvo un momento, en aquel rostro la violencia había dejado una huella de advertencia, y su mirada era dura y resentida. Pasó su mano izquierda sobre aquella cicatriz atroz, pero de tanto hacerlo, esta vez lo hizo sin emoción alguna. El perro, a su derecha, más emocionado que él y como un signo, como una señal, movió la cola y ladró dos veces, retorciéndose, pero Quindelan lo contuvo.

—¡Cállate, *Superman*, cállate!

En estos barrios, los muchachos gustan de este tipo de perros, osados como ellos, y a veces hacen tan buena química entre ambos que son inseparables. Éste era el caso de Quindelan y *Superman*.

Quindelan era un niño pecoso, fornido y ágil como pocas criaturas en el mundo. *Superman* era un perro blanco con una mancha amarilla en el ojo izquierdo, si mal no recuerdo, y la punta de la cola amarilla también. No demasiado grande, pero no era pequeño. Fuerte, lo suficiente para hacer frente a una serie de peleas que había tenido que echar a lo largo de su existencia. Unas veces queriendo y otras sin querer. Como aquella pelea terrible que tuvo con *Ural*, un perro verdugo que casi lo mata, cuyo dueño también en una ocasión casi mata a Quindelan. Gracias a su abundante pelaje, a *Superman* no se le veían las cicatrices ocasionadas por aquel perro, con semejante nombre, heredado de los rusos.

Todos sabemos lo que era una *Ural*, una moto rusa que a su vez parecía un tractor, y las huellas que dejaba, al igual que las que dejó el comunismo —rojo y ruso— eran palpables.

Quindelan permanecía frente a aquel cartel, pero ahora con una mirada desafiante y reflexiva, como la del peregrino de la paz —Mahatma Gandhi— frente a los ingleses.

O como aquella idea que se había hecho en su mente desde niño, de un fantasma gentil, que le contaron recorría todo el barrio por las noches, y atravesaba cercas, y entraba en los patios, sin amparo alguno que no fuera una sábana blanca.

Él tenía más que el fantasma, pues tenía a su perro que lo seguía a todas partes. Y, al igual que él, estaba decidido a todo.

Allí estuvo su voz callada mucho tiempo, el tiempo que separa el alma de algún cuerpo, la materia del cielo, y la silueta de un rostro del espejo. El tiempo que evapora, que disuelve los átomos, los altos muros, las grandes barricadas. El tiempo que se escapa, que en el misterio silencioso se diluye, dudando entre el ocaso y la escalera. Inmemorable, sordo, perturbador, infame.

Superman en el acto se iba modificando, ya no era un perro valiente, firme, osado, decidido. Se había vuelto un cachorro y pirueteaba más parecido a una oveja que a un perro. ¿En qué nube, en qué castillo se hallaba ahora su dueño? ¿Contra qué molinos luchaba su alma quijotesca? De pronto Quindelan volvió en sí. Su paso firme convirtió nuevamente al perro en perro, el cual recobró su oído centinela, agudizado, hecho para escuchar hasta el canto de las aves más leves, el maullido de un gato o a un reptil que se arrastre por la hierba. Entonces, oyó la voz de mando de su amo, que había recuperado el reflejo, la intuición y las palabras.

—Vamos, qué esperas para atravesar esa cerca —dijo Quindelan en tono compasivo.

Al perro le pareció escuchar a lo lejos un sonido que se aproximaba; en dos segundos su corazón de perro latió diecisiete veces, pero su cuerpo permanecía inmóvil, como augurando un mal presagio.

—Vamos, qué esperas —repitió pasándole la mano por el lomo, para entusiasmarlo.

Pero el perro parecía uno de esos perros de cacería, que aparecen en las fotos con una pata levantada, la mirada fija en el horizonte y la cola recta.

—¡No había alma que lo moviera! —le contó Quindelan luego a «El Ganzúa», su mejor amigo, del que algunos, en el callejón de los muertos, comentaban tenía poderes curativos para los animales. No faltaban quienes lo veían como a San Francisco de Asís, y le llevaban cotorras, gatos, palomas, chivos y hasta jicoteas para que él, «El Ganzúa», llevara a cabo el milagro de curárselos. Hasta activistas defensores de los animales venían a verle. En una o en varias ocasiones, los animales no tenían cura y terminaban en una sopa, o asados, sobre todo cuando eran pollos de entre cuatro a cinco libras, algún carnero muy viejo que se daba algún golpe. O un pato, como a uno que en una ocasión se le quebró una pata, valga la redundancia.

—A ese hubo que darle candela mucho rato, por su carne tan dura, pero con aguardiente bajo de lo mejor —dijeron varios.

Nace el ave, y con las galas
que le dan belleza suma,
a penas es flor de pluma,
o ramillete con alas,
cuando las etéreas salas
cortan con velocidad,
negándose a la piedad
del nido que deja en calma;
¿y teniendo yo mas alma,
tengo menos libertad?
       Calderón de la Barca

Queremos hablarles de los motivos que llevaron a Quindelan a ir a ver a «El Ganzúa»: Quindelan estaba allí, en aquella especie de laberinto que era el callejón de los muertos, debido a *Superman*. Aquel día, el pensamiento de Quindelan, como el de Calderón, o sea, Pedro Calderón de la Barca, se había transformado en sueño, o pesadilla pues vio caer la aurora, amanecer el alba y el perro, para desventura de él, nunca abandonó su posición de estatua. Por otra parte, también para suerte de él en aquella posición, fue fácil cargarlo y transportarlo como si estuviera disecado. Parecía entonces, más que nunca, un signo, una señal que guiaba la ruta —tal vez la ruta de regreso—, una clave para descifrar un enigma.

Así en aquella misma posición, llegó *Superman* a las manos del milagroso hombre, mitad diablo, mitad santo. Pero por más que se intentó con todo tipo de hierbas y oraciones, nunca más pudo abandonar su posición de estatua, para desconsuelo y frustración de muchos. Su epitafio, que a la vez se usó también como cartel, decía: *No pase, perro fiero.*

Muchos años después, Quindelan, mirando al epitafio, recordaba a su perro y, a la vez, su infancia. Ya no era ágil como algún día lo fue, pero seguía siendo pecoso y fornido.

Pasó su mano derecha sobre aquella cicatriz que aún seguía en su rostro, y lleno de emoción trató de golpear al aire con la izquierda, pero se hallaba rígido, infinitamente rígido, como pocas criaturas en el mundo.

Reflexiones con varias puertas de fondo

Mientras presiono esta manigueta y trato en vano de abrir esta puerta que recién he instalado —nueva, y por demás pintada— entiendo que sólo ahora puede llamarse puerta, pues antes era un rectángulo con bisagras absurdas que no accedían a ningún lugar. Entonces me remonto a mi época más dolorosa y precaria.

¿Quiénes eran? ¿Quién soy? De pronto, me veo caminando por el muro del malecón, en la guagua, en la cola del pan, en la escuela, corriendo desenfrenado en una pista, montando bicicleta, tocando en un tambor, golpeando al mentón del aire en el gimnasio del Polan, actuando en el teatro nacional, dentro de un calabozo, cazando tomeguines, pescando, en una pelea de perros, en la playa nadando, remando hacia otra orilla y en Miami soñando…

Si los tuviera que recordar a todos, sería una labor más que difícil, pero si sólo tuviera que recordar a algunos, sería más difícil aún, pues todos eran significativos.

Recuerdo a Totomoya, un oriental que vino a vivir al barrio a la edad de catorce años, quien luego se hizo policía y más tarde terminó convertido en un delincuente prófugo de la justicia. Tabito. el artemiseño, que terminó como fotógrafo y vendedor de espejos a domicilio. Había nacido en Artemisa, pero al divorciarse Soledad, su madre, de su esposo Prometeo, el muchacho tuvo que ir a vivir a casa de sus abuelos, Luz Olga «Bombillo» y Arnaldo «Guayacón». Este último, conocido pescador y respetado por su mal genio, de aspecto robusto y voz ronca, pero fina, como de trompeta atorada.

Recuerdo a Ceperito «Cuatrovoces», pariente mío lejano, que era el único muchacho que tenia la facultad de narrarte un suceso determinado utilizando una gama de voces interminables, según lo ameritaba la ocasión. También podía empezar a darte una noticia con una enorme cantidad de preguntas, que antes de terminar, él mismo, poco a poco, se iba contestando en el transcurso de la conversación. Todo esto acompañado de una gran gesticulación por parte de él, que incluía las manos, el rostro y, a veces, pequeños saltos o flexiones leves de piernas. Algunos le decían, «Sietemaña», pero yo siempre prefería nombrarlo «Cuatrovoces». Tal vez, por esa fijación mía con las palabras, o a lo mejor, porque ese apodo se lo inventé yo mismo. Pero en verdad, más que a él, recuerdo un curiel que estuvo en su cuarto, yo creo que toda la vida.

La primera vez que lo vi, al curiel, se remonta a una noche que mi padre fue a ver el juego de béisbol a su casa, pues el padre de él, el viejo «Cepero», era tío del mío y lo había invitado a comer.

Suena un timbre en la puerta.

Yo me pasé toda la noche mirando aquel curiel metido en una pecera sin agua y repleta de hierba. Luego, casi a lo largo de diez o doce años, creo haberlo visto, siempre, en la pecera, siempre repleta de hierba, en el mismo lugar y emitiendo un sonido que aún hoy puedo recordar, chirriante y chillón. Como una puerta sin grasa.

Recuerdo a los Fonte, nietos de un jockey famoso que hubo en el barrio y aún seguía vivo, pero inconsciente en una silla de ruedas. Éste, como Pachi, otro jockey del barrio, tuvo fama y dinero, pero nunca llegaron ni Pachi ni él a la estatura de Abelino, que fue realmente una estrella universal; Abelino Gómez, «El Perfecto», el gran jockey cubano que murió en Toronto, Canadá.

Ahora, estos pinos nuevos, que eran como siete, también se apellidaban Fonte, les decían «Los Fontes» y también como su abuelo eran zambos, pequeños de estatura, y extremadamente delgados, por no decir raquíticos, enclenques, esqueléticos. Lo único que, en esta ocasión, los herederos del jinete no habían visto un caballo nunca en su vida, ni siquiera en tasajo, cosa que les hacía buena falta.

También estaba Gustavo, «El Casihombre», un muchacho que poseía una manera tan rara de ser que llamaba la atención por su semejanza con el mago «Doroteo». En mi memoria, sigue siendo un misterio y creo que lo será por mucho tiempo. Cuando era muy pequeño quiso ser bailarín, pero al ver tronchada su carrera, debido al machismo ridículo y extremista de su padre, decidió ser cura. Sin embargo, le encantaban las muchachas, si alguien *le pintaba un farol*, como se decía en el barrio, le rompía la cara. Y formaba un *salpafuera* que se enteraba todo el vecindario. En otras palabras, como también decíamos entonces, *no comía miedo*.

«Tu reino no es de este cielo», se oye una voz a la puerta.

Había dos amigos que siempre andaban juntos. Luis «El Invicto» era boxeador, pero en realidad nunca había boxeado

con nadie, era blanco como una masa de coco, de nariz perfilada y ojos saltones, pelo rubio y físicamente, resultaba ser
lento, sedentario, hijo de un polaco con una isleña, nacido
en Guaracabuya, el centro de Cuba, en la provincia de Villa
Clara, y traído vía tren lechero, a la edad de ocho meses, a la
Habana, donde se crió. ¡Pero más que un guajiro, guajiro parecía! «Si se cae de frente, come hierba», decía su yunta Tulio, «El
Convicto», de quien se había probado legalmente su participa-
ción en un crimen menor de robo al descuido. Pero las autori-
dades no procedían a su arresto.

Así pues, Luis «El Invicto» y Julio «El Convicto» pasaban días y noches jugando al ajedrez en el portal de
Hortensia, cosa esta que no logro definir si es algo que recuerdo, o es algo que me he inventado para engañar a la
memoria.

Se abre una puerta.

Igualmente de una manera fantasiosa, recuerdo a Odila y
a Ildara, pero con un dolor que aún no cesa. Pues la primera,
muerta de una enfermedad del corazón, era mi prima. Y en su
mejor edad, nos dijo adiós. La otra —era hija de Leticia, la vecina aquella que me llevaba al lago de los peces— no tenia padre, no es que fuera concebida por gracia y obra del Espíritu
Santo, es que nunca se supo con quien anduvo Leticia cuando
vivía en Jaruco.

«La mula que corcovea no sirve *pa* carretón», decían los
chismosos. Pero el padre de Renier, Renso «El Bolitero»,
le decía «Pisabonito»… Eso fue mucho antes de caer preso por apuntador. Cuando salió más nunca habló con nadie.
Allá arriba, se encontró con Ibrain, a quien le habían echa-
do cinco años por enseñarle una revista con mujeres desnu-

das a su hijo. Él mismo fue quien lo acusó en el tribunal. Después se supo que Priscila, su mujer, de origen mejicano, fue quien presionó al niño, que ya no era tan niño, para que lo acusara.

Le metió un guamazo, que es como ellos le llaman a una galleta, o sea, bofetada, aletazo, etc. Y luego, le llamó a la policía. Lo acusaron de corrupción de menores, y tuvo que cumplir. Él se lo confesó a Renso «El Bolitero», Renso se lo dijo a Renier, y Renier nos lo dijo a Sadis y a mí. No sé si Sadis se lo ha contado a alguien, yo recién lo recuerdo.

Sin puerta alguna.

También había en este barrio pintores y poetas. Recuerdo uno específicamente, éste era un poeta, sin duda la mezcla perfecta entre Eliseo Diego y Amado Nerbo. Hombre deprimente y deprimido, parecía argentino en su modo de hablar, pero había nacido en Bayamo, o sea, oriental igual que Totomoya el policía. También éste, casualmente, termino convertido en un prófugo de la justicia. Nunca le negaba a la imaginación lo que ella le pedía.

… Violó a una niña de nueve años, después que la embobeció leyéndole fragmentos de la Divina Comedia de Dante Alighieri. Y luego, se dio a la fuga. Lo rastrearon por toda la Habana policías de verdad —no delincuentes vestidos de policía como su compatriota— y el padre de la niña. Pero del poeta, nada, desapareció como el Cucalambé, cosa esta que lo convertía en el segundo poeta del Parnaso cubano, que desaparece en extrañas circunstancias.

Debido a los acontecimientos, su desaparición causó más conmoción que la del mismísimo Matías Pérez… Nunca se supo su paradero.

Se oye un portazo.

El pintor era uno de estos hombres que parecen perdedores de vocación. Sus cuadros terminaban todos en la basura. En el mejor de los casos, como tapas de tanque o clavados en alguna parte de algún gallinero. También como otros bebía en exceso, recuerdo que una vez le dije que lo iba a visitar a su casa con una mujer que quería comprar una pintura. Le expliqué claramente: «Espéranos sobrio para que le des una buena impresión a la señora».

Cuando llegamos, nos recibió totalmente borracho, la mujer se asustó y se fue, sin siquiera pasar, al ver el estado de embriaguez en que éste se encontraba. Le reproché su irresponsabilidad y me dijo: «Tú me dijiste, espéranos ebrio, yo hice exactamente lo que me pediste…».

— ¡Ebrio no, animal, te dije sobrio!

—Y qué demonios es eso —preguntó estupefacto—, estoy furioso conmigo, he perdido una potencial coleccionista —agrego después, dándose el último trago que le quedaba en la botella.

Así, a vuelo de ave, me viene a la mente Eduardo «Diente de Morsa», cuya gran pasión era el baile. Y él, como otro hombre que luego vi en Miami, se había construido dos muñecas de trapo en tamaño natural, con las que bailaba a todas horas. Se decía que también dormía con ellas y que les hacía el amor. Todo puede ser. Alguna vez, a mí me pareció verlas sudar de cansancio, y en una ocasión, una bostezó, no sé si de sueño, hambre o aburrimiento.

Las dos muñecas habían sido hechas con retazos de telas amarillas, lo que hizo que los muchachos apodaran a Eduardo, «Carlos Finlay» (que es el célebre médico cubano, descubridor del agente transmisor de la Fiebre amarilla). Aunque Efrain «Bocaza», que todo lo tergiversaba, le decía Copérnico.

La puerta se abre y se cierra, movida por el viento. Amenazante.

Cuando yo logré regresar al barrio —si es que Dios, Olofi, Alá y la brújula de la Osa Polar lo permiten—, conmigo llevaré este manuscrito, acaso convertido en pergamino, para que todos mis amigos y los no muy amigos, y los conocidos y los desconocidos, vean que nunca me olvidé de ellos. Cuando se abra definitivamente esta puerta, y en el mismo pulmón de mi barriada alguien quiera leer estos relatos, yo también estaré ahí para contarles otros nuevos.

A Sadis, a Marlen, a Jacqueline, a los gemelos, Jorge Luis y Luis Jorge, a Odalis, a Lourdes, a Pepo, a Tete, a Tita, a Tuto, a los nietos y las nietas de María Luisa, a los hijos de Rafael el mecánico, a Sergio el chapista, a Larry el cantante, a Germán el hijo de Delia, a Adrián el bizco, a «Nariz de Hurón» cuyo nombre es impronunciable, malo como su madre, también conocido como «El Bastardo», a los trillizos versus «Los tres fantoches».

Cuando se abra esta puerta y yo regrese, buscaré en los solares a mis grandes amigos. Me iré de rumba en rumba, dormiré nuevamente en mis tinieblas, bailaré para Oggún, teniendo siempre en cuenta a Obatalá, sintiendo esos vapores. Y en una ceremonia magistral, iré saliendo del monte con cautela, decidido y tenaz. Acompañado de cuatro hijas de Ochun. Nombraré las palabras que aprendí de memoria en aquella labor para el Gran Babalú Ayé. Nombraré algunas hierbas, que se usan en las casas de mi pueblo, para atraer la paz y la prosperidad: «Abre camino, albahaca cimarrona, pendejera, apasote, rompezaragüey, caisimón de anís, escoba amarga…».

Habrá un dolor en mí, y éste no será un dolor de películas de Hollywood con luces, con efectos especiales, con violines de fondo y trompetines, con buenas fotografías y tiros de cámara perfectos. Éste será un dolor sincero, una punzada, una agonía, un gran golpe de sangre. Como de costumbre, lo daré todo por una gran idea...

Cuando se abra esta puerta, gris y añosa, con bisagras que se oxidaron de esperar, entonces comprenderé que, de algún modo, una puerta es un torpe testimonio que conduce a un lugar del que regresas...

Se cierran varias puertas, definitivamente nos invade el silencio.

7/15 ①
12/16 ② 9/16